Richard Brautigan

Wir lernen uns kennen

Stories

Deutsch von Günter Ohnemus

rororo

Rowohlt

Veröffentlicht im Rowohlt Taschenbuch
Verlag GmbH, Reinbek bei Hamburg, Juli 1996
Die Stories der vorliegenden Ausgabe wurden dem
Band «Die Rache des Rasens» entnommen

Die Originalausgabe erschien 1971 unter dem Titel
«Revenge of the Lawn/Stories 1962–1970»
bei Simon and Schuster, New York

Umschlaggestaltung Beate Becker
(Illustration: Hendrik Dorgathen)
Satz Sabon (Linotronic 500)
Gesamtherstellung Clausen & Bosse, Leck
Printed in Germany
200-ISBN 3 499 22054 7

Inhalt

Cotton Mather-Wochenschau 1692*

O Hexe von 1939, von Tacoma, Washington, wo bist du denn, jetzt, wo ich so werde wie du? Früher hab ich in einem Kinderkörper gesteckt und nicht viel Raum beansprucht, und Türen bedeuteten etwas Großes und waren fast menschlich. Eine Tür aufzumachen, das war 1939 noch etwas Bedeutendes, und die Kinder lachten dich immer aus, weil du verrückt warst und ganz allein in einer Dachwohnung gelebt hast, und wir saßen gegenüber deinem Haus, auf der anderen Straßenseite, wie zwei Slumspatzen im Rinnstein.

Wir waren vier Jahre alt.

Du warst wohl ungefähr so alt, wie ich jetzt bin, als dich die Kinder ärgerten und hinter dir herriefen: «Da ist die Verrückte! Lauft doch weg! Die Hex! Die Hex! Paß auf,

* Cotton Mather, 1663–1728, amerikanischer Theologe, verantwortlich beteiligt an den Hexenprozessen von Salem.

daß sie dir nicht in die Augen schaut. Mich hat sie angeschaut! Hilfe! Nix wie weg!»

Jetzt sehe ich schon langsam so aus wie du mit meinen langen Hippiehaaren und meinen komischen Kleidern. Ich sehe 1967 ungefähr so verrückt aus wie du 1939.

«Hey, Hippie!» rufen mir kleine Kinder an den Vormittagen in San Francisco zu, so wie wir dir nachgerufen haben «Hey, du Verrückte!», als du dich mühsam durch das Zwielicht Tacomas geschleppt hast.

Wahrscheinlich hast du dich dran gewöhnt, so wie ich mich dran gewöhnt hab.

Als Kind zog ich mich immer an Mutproben hoch. Man brauchte nur zu sagen: wetten, daß du dich nicht traust, und schon machte ich es. Ah, ich hab schon ein paar happige Sachen gemacht, als ich wie ein Miniatur-Don Quichotte den Spuren und Visionen kühner Taten folgte.

Wir saßen im Rinnstein und waren mit Nichtstun beschäftigt. Vielleicht warteten wir auf die Hexe oder daß irgendwas passierte, das uns aus dem Rinnstein befreien würde. Wir waren schon fast eine Stunde dagesessen: Kinderzeit.

«Wetten, daß du dich nicht traust und ins

Hexenhaus gehst und vom Fenster zu mir runterwinkst», sagte mein Freund, damit sich endlich was rührte.

Ich schaute zum Haus der Hexe hinüber. Das Fenster ihrer Dachwohnung starrte auf uns herunter wie ein Standfoto aus einem Gruselfilm.

«OK», sagte ich.

«Du traust dich aber was», sagte mein Freund. Ich weiß nicht mehr, wie er geheißen hat. Die Jahrzehnte haben seinen Namen aus meinem Gedächtnis radiert und da, wo er sein sollte, eine kleine leere Stelle hinterlassen.

Ich stand auf, ging über die Straße und ums Haus herum in den Hinterhof, wo der Aufgang zu ihrer Dachwohnung war. Es waren graue Holzstufen, wie eine alte Katzenmutter, und sie führten über drei Absätze zu ihrer Tür hinauf.

Unten an der Treppe standen ein paar Mülltonnen. Ich fragte mich, welche Mülltonne wohl der Hexe gehörte. Ich hob bei einer Mülltonne den Deckel hoch und schaute hinein, ob irgendwelcher Hexenmüll drin war.

Es war keiner drin. Es war bloß ganz normaler Müll in der Tonne. Ich hob den Deckel der nächsten Mülltonne hoch, aber in der war auch kein Hexenmüll. Ich prüfte die dritte

Tonne, aber hier war es dasselbe: kein Hexenmüll.

Es standen drei Mülltonnen da, und im Haus waren drei Wohnungen, einschließlich des Dachgeschosses, das sie bewohnte. Eine der Tonnen mußte also ihre sein, aber es gab keinen Unterschied zwischen ihrem Müll und dem Müll der anderen Leute.

...also...

Ich ging die Treppen hinauf bis zum Dachgeschoß. Ich ging sehr vorsichtig, als würde ich eine alte graue Katzenmutter streicheln, die gerade ihre Jungen säugt.

Schließlich kam ich an die Hexentür. Ich wußte nicht, ob die Hexe da war oder nicht. Sie hätte ja daheim sein können. Ich wollte klopfen, aber das hätte nichts gebracht. Wenn sie nämlich dagewesen wäre, hätte sie mir einfach die Tür vor der Nase zugeknallt, oder sie hätte mich gefragt, was ich wollte, und dann wäre ich schreiend die Treppen hinuntergelaufen: «Hilfe! Hilfe! Sie hat mir in die Augen geschaut!»

Die Tür war hoch, ruhig und menschlich wie eine Frau in mittleren Jahren. Es kam mir vor, als berührte ich ihre Hand, als ich die Tür behutsam wie eine Uhr aufmachte.

Im ersten Zimmer der Wohnung, in der

Küche, war sie nicht, aber es standen zwanzig oder dreißig Vasen und Gläser und Flaschen voller Blumen herum. Sie standen auf dem Küchentisch und auf allen Rändern und Regalen. Ein Teil der Blumen war schon verwelkt, und ein Teil war noch frisch.

Ich ging ins nächste Zimmer, das war das Wohnzimmer, und da war sie auch nicht, aber da standen wieder zwanzig oder dreißig Vasen und Gläser und Flaschen voller Blumen.

Mein Herz schlug schneller von all den Blumen.

Der Müll hatte mich getäuscht.

Ich ging ins letzte Zimmer, das war ihr Schlafzimmer, und da war sie auch nicht, aber wieder waren da die zwanzig oder dreißig Vasen und Gläser und Flaschen voller Blumen.

Gleich neben dem Bett war ein Fenster, und das war das Fenster, das zur Straße hinausging. Das Bett hatte ein Messinggestell, und obendrauf lag eine bunt zusammengenähte Steppdecke. Ich ging ans Fenster und schaute zu meinem Freund hinunter, der im Rinnstein saß und zum Fenster heraufsah.

Er konnte es nicht fassen, daß ich im Fenster der Hexe stand, und ich winkte ihm sehr langsam zu, und er winkte sehr langsam zu mir herauf. Unser Winken war wie weit voneinander entfernte Gebärden, wie wenn sich zwei Leute aus verschiedenen Städten zuwinken, vielleicht aus Tacoma und Salem, und unser Winken war bloß ein Nachhall ihres Winkens über Tausende von Meilen hinweg.

Jetzt war die Mutprobe bestanden, und ich drehte mich um und hatte wieder diese Wohnung, diesen flachen Garten vor mir, und meine ganze Angst brach über mich herein wie ein Erdrutsch von Blumen, und ich rannte heulend und schreiend die Treppen hinunter. Ich schrie, als wäre ich in einen schubkarrengroßen Haufen dampfender Drachenscheiße getreten.

Als ich schreiend hinter dem Haus vorkam, sprang mein Freund aus dem Rinnstein hoch und fing auch an zu schreien. Er dachte wahrscheinlich, die Hexe wäre hinter mir her. Wir rannten heulend und schreiend durch die Straßen Tacomas, von unseren eigenen Stimmen gehetzt wie eine Cotton Mather-Wochenschau 1692.

Das war ein oder zwei Monate, bevor die deutsche Wehrmacht in Polen einmarschiert ist.

Ein Kalifornier wird eingesammelt

Wie die meisten Kalifornier komme ich von woandersher und wurde eingesammelt für die Zwecke Kaliforniens, wie eine metallfressende Blume Sonne und Regen sammelt und dann ihre Blüten zum Freeway neigt und die Autos hineinfahren läßt, Millionen Autos in nur eine einzige Blume, deren Duft vom Andrang und vom Raum, den Millionen anderer Autos einnehmen, erstickt wird.

Kalifornien braucht uns, deshalb sammelt es uns woanders ein. Ich nehme dich, dich, dich – und mich aus dem Pacific Northwest: ein gespenstisches Land, wo die Natur mit den Leuten ein Menuett tanzt und auch mit mir getanzt hat in den alten längst vergangenen Tagen. Ich habe alles, was ich wußte, von dort nach Kalifornien mitgebracht: Jahre und Jahre eines anderen Lebens, in das ich weder zurückkehren kann noch will und das zuweilen einem anderen Körper widerfahren zu sein scheint, der irgendwie vage an mich erinnert.

Es ist schon komisch, daß Kalifornien sich seine Leute von überallher holt, und daß wir alles, was wir kennen, zurücklassen und hierher nach Kalifornien geholt werden, als ob die reine Energie, der Schatten dieser metallfressenden Blume, uns aus unserem anderen Leben weggerufen hätte, damit wir jetzt und bis zum Ende Kalifornien machen und Kalifornien sind wie das Taj Mahal in Form einer Parkuhr.

Eine kurze Geschichte über das zeitgenössische Leben in Kalifornien

Es gibt Tausende von Geschichten mit originellen Anfängen. Die hier gehört nicht dazu. Ich glaube, die einzige Art, eine Geschichte über das zeitgenössische Leben in Kalifornien anzufangen, ist die Art, wie Jack London den *Seewolf* angefangen hat. Ich habe Vertrauen zu diesem Anfang.

Er hat 1904 funktioniert, und er kann 1969 funktionieren. Ich glaube, dieser Anfang kann die Jahrzehnte überbrücken, und er entspricht dem Zweck dieser Geschichte hier, denn wir sind in Kalifornien – wir können alles tun, was wir wollen – und ein reicher junger Literaturkritiker fährt auf einer Fähre von Sausalito nach San Francisco. Er hat gerade ein paar Tage im Ferienhaus eines Freundes im Mill Valley verbracht. Der Freund benutzt das Ferienhaus, um im Winter Schopenhauer und Nietzsche zu lesen. Es ist immer wieder ein großes Vergnügen für alle Beteiligten. Während er im Nebel über die Bucht fährt, denkt er daran, einen Essay zu schreiben mit dem Titel «Die Notwendigkeit der Freiheit: Ein Plädoyer für den Künstler».

Natürlich torpediert Wolf Larsen die Fähre und nimmt den reichen jungen Literaturkritiker gefangen, der unverzüglich zum Schiffsjungen gemacht wird und komische Kleider tragen und sich jeden Scheißdreck gefallen lassen muß, der große intellektuelle Gespräche mit dem alten Wolf führt, in den Arsch getreten wird, bei der Gurgel gepackt wird, zum Maat befördert wird, erwachsen wird, seine wahre Liebe Maud trifft, Wolf in etwas entkommt, das wenig besser ist als ein beschissenes Ruderboot, in diesem verdammten Pazifischen Ozean herumhopst, eine Insel findet, eine Steinhütte baut, Seehunde erschlägt, ein beschädigtes Segelschiff repariert, Wolf im Meer bestattet, geküßt wird etc.: alles, um fünfundsechzig Jahre später diese Geschichte über das zeitgenössische Leben in Kalifornien zu Ende zu bringen.

Gott sei Dank.

Pazifisches Radiofeuer

Der größte Ozean der Welt beginnt oder endet in Monterey, Kalifornien. Das hängt von der Sprache ab, die man spricht. Mein Freund ist gerade von seiner Frau verlassen worden. Sie ging einfach zur Tür hinaus und sagte nicht mal auf Wiedersehn. Wir besorgten uns zwei Flaschen Portwein und machten uns auf den Weg zum Pazifik.

Es ist ein altes Lied, das schon in allen Musikboxen Amerikas gespielt worden ist. Es ist schon so lange da, daß es sogar schon in den Staub Amerikas eingespielt ist, und es hat sich auf allen Sachen festgesetzt und Stühle und Autos und Spielsachen und Lampen und Fenster in Milliarden von Plattenspielern verwandelt, die das Lied ins Ohr unserer Trauer zurückspielen.

Wir setzten uns auf einen kleinen, nischenförmigen Strand, der von großen Granitfelsen und der Riesenhaftigkeit des Pazifischen

Ozeans und all seinen Vokabularen umgeben war.

Wir hörten uns auf seinem Transistorradio Rock 'n' Roll an und tranken traurig unseren Portwein. Wir waren beide verzweifelt. Ich wußte auch nicht, was er jetzt mit dem Rest seines Lebens anfangen sollte.

Ich trank noch einen Schluck Portwein. Im Radio sangen die Beach Boys ein Lied über die Mädchen Kaliforniens. Sie mochten sie.

Seine Augen waren feuchte, gekränkte Teppiche.

Wie ein seltsamer Staubsauger versuchte ich, ihn zu trösten. Ich sagte die alten, ewiggleichen Litaneien herunter, die man Leuten sagt, wenn man ihre Trauer und ihren Schmerz lindern möchte, aber Worte können überhaupt nichts ausrichten. Es ist bloß der Klang einer anderen menschlichen Stimme, der ein bißchen was ausmacht. Es gibt überhaupt keine Worte, mit denen man jemanden wieder froh machen kann, wenn er sich ganz beschissen fühlt, weil er jemanden verloren hat, den er liebt.

Schließlich zündete er das Radio an. Er schichtete Papier rundum. Er nahm ein Streichholz und zündete das Papier an. Wir saßen da und schauten zu. Ich hatte noch nie zuvor jemanden gesehen, der ein Radio anzündete.

Während das Radio langsam vor sich hinbrannte, griffen die Flammen auf die Lieder über, die wir uns anhörten. Eine Platte die # 1 unter den Top-40 war, fiel mittendrin auf Platz 13. Ein Lied, das # 9 war, wurde # 27, mitten in einem Refrain über die Liebe. Die populärsten Lieder stürzten ab wie zerfetzte Vögel. Dann war es zu spät für sie alle.

Elmira

Ich komme wieder nach Elmira zurück wie im Traum eines jungen amerikanischen Prinzen, eines fürstlichen Entenjägers, und ich stehe wieder auf der Brücke über den Long Tom River. Es ist immer spät im Dezember, und der Fluß ist tief und schlammig und strudelt dunkle, blattlose Äste aus seinen kalten Tiefen nach oben.

Manchmal regnet es auf der Brücke, und ich schaue flußabwärts zu der Stelle, wo der Fluß in den See mündet. In meinem Traum kommt immer eine sumpfige Wiese vor, die von einem alten schwarzen Holzzaun umzäunt ist, und ein uralter Schuppen, durch dessen Wände und Dach Licht dringt.

Unter einigen Lagen molliger königlicher Unterwäsche und Regenzeug bleibe ich warm und trocken.

Manchmal ist es kalt und klar, und ich kann meinen Atem sehen, und auf der Brücke liegt Reif, und ich schaue flußaufwärts in ein Gewirr von Bäumen, das sich meilenweit bis zu den Bergen hinzieht, in denen der Long Tom River seinen Anfang nimmt.

Manchmal schreibe ich meinen Namen in den Reif auf der Brücke. Ich spreche meinen Namen laut und bedächtig vor mich hin, und manchmal schreibe ich, genau so bedächtig, «Elmira» in den Reif.

Ich habe immer eine doppelläufige Schrotflinte vom Kaliber 16 dabei und eine Menge Patronen in meinen Taschen... vielleicht zuviel Patronen, denn ich bin ja noch ein Junge, und da hat man leicht Angst, die Patronen könnten einem ausgehen, und jetzt ziehen sie mich ganz schön nach unten. Ich bin fast wie ein Tiefseetaucher, weil meine Taschen so übermäßig mit Blei beladen sind. Manchmal sieht mein Gang wegen der vielen Patronen in meinen Taschen sehr komisch aus.

Ich bin immer allein auf der Brücke, und

immer fliegt ein kleiner Schwarm Wildenten sehr hoch über der Brücke zum See hinunter.

Manchmal schau ich in beide Richtungen die Straße hinunter, ob ein Auto kommt, und wenn keins kommt, schieße ich auf Enten, aber sie fliegen zu hoch, und mein Schuß kann sie bloß ein bißchen verärgern.

Manchmal kommt ein Auto, und dann beobachte ich die Enten nur, wie sie den Fluß hinunterfliegen und schenke mir die Ballerei. Es könnte ja ein Jagdaufseher oder ein Hilfssheriff sein. Irgendwo in meinem Kopf habe ich die Idee, daß es ungesetzlich ist, von einer Brücke aus auf Enten zu schießen.

Ich frage mich, ob das stimmt.

Manchmal schau ich auch nicht, ob ein Auto auf der Straße kommt. Die Enten sind wirklich außer Schußweite. Ich weiß, ich würde bloß meine Munition vergeuden und lasse sie weiterfliegen.

Es ist immer ein Schwarm fetter Wildenten, die gerade von Kanada herübergekommen sind.

Manchmal geh ich durch Elmira. Es ist eine kleine Stadt, und alles ist sehr ruhig, weil es noch früh am Morgen ist und entweder gottverdammt kalt oder regnerisch.

Immer wenn ich durch Elmira gehe, bleibe

ich vor der Elmira Union High School stehen. Die Klassenzimmer sind immer leer und dunkel. Es kommt einem so vor, als würde da drin nie jemand was lernen, und es bleibt immer dunkel, weil es keinen Grund gibt, Licht zu machen.

Manchmal gehe ich auch nicht nach Elmira hinein. Ich steige über den schwarzen Holzzaun in die sumpfige Wiese und gehe an dem uralten heiligen Schuppen vorbei und den Fluß hinunter in Richtung See und hoffe, daß mir ein paar fette Enten vor die Flinte kommen.

Was allerdings nie passiert.

Elmira ist sehr schön, aber für mich ist es kein besonders gutes Jagdrevier. Ich fahre die zwanzig Meilen nach Elmira immer per Anhalter. Ich stehe mit meinem Gewehr und in meiner königlichen Entenjagdkleidung da draußen in der Kälte, oder im Regen, und die Leute halten an und nehmen mich mit, und auf diese Art komm ich immer hin.

«Wo gehts denn hin?» sagen die Leute, wenn ich einsteige. Ich sitze neben ihnen, balanciere mein Gewehr wie ein Zepter zwischen den Beinen, und die Mündung zeigt auf das Dach des Autos. Das Gewehr steht ein wenig schräg, so daß die Mündung auf das

Stück Dach über dem Beifahrersitz zeigt, und der Beifahrer bin immer ich.

«Elmira.»

Die verschollenen Kapitel von «Forellenfischen in Amerika»

«Rembrandtfluß» und «Karthagotrichter»

Diese beiden Kapitel waren Ende Winter, Anfang Frühling 1961 verschollen. Ich habe überall nach ihnen gesucht, konnte sie aber nirgendwo finden. Ich habe nicht die leiseste Idee, warum ich sie nicht gleich neu geschrieben habe, als ich merkte, daß sie weg waren. Es ist mir wirklich ein Rätsel, aber ich habs nicht getan, und jetzt, acht Jahre später, habe ich beschlossen, in den Winter zurückzukehren, in dem ich sechsundzwanzig Jahre alt war, in der Greenwich Street in San Francisco wohnte, verheiratet war, eine kleine Tochter hatte und diese beiden Kapitel als Beitrag zu einem neuen Bild Amerikas schrieb und sie dann wieder verlor. Ich gehe jetzt wieder dahin zurück und schau, ob ich sie finden kann.

«Rembrandtfluß»

Der Rembrandtfluß sah genauso aus wie sein Name, und das Land war einsam und die Winter sehr hart. Der Fluß entsprang hoch oben auf einer Bergwiese, die von Kiefern umgeben war. Das war ungefähr das einzige wirkliche Licht, das der Fluß zu sehen bekam, weil er, nachdem er sich aus ein paar Quellen auf der Wiese zum Dasein verholfen hatte, durch die Kiefern in einen baumdunklen Cañon hinunterfloß, der sich am Gebirgsrand hinzog.

Der Fluß wimmelte von kleinen Forellen, die so wild waren, daß sie sich kaum fürchteten, wenn man zum Ufer hinaufging und zu ihnen hinunterschaute.

Ich hab nie in irgendeiner klassischen oder auch nur wirksamen Art nach ihnen gefischt. Ich kannte den Fluß eigentlich nur deshalb, weil wir da oben immer zelteten, wenn wir auf Rehjagd gingen.

Nein, das war für mich kein Fluß zum Fischen, sondern bloß eine Wasserstelle für unser Lager, aber es kommt mir so vor, als hätte ich das meiste Wasser getragen, das wir brauchten, und ich hab wohl deshalb soviel Geschirr abgespült, weil ich noch ein Junge war, und es war einfacher, wenn ich das tat, als wenn es die Männer getan hätten, die älter und klüger waren und Zeit brauchten, sich zu überlegen, wo Rehe sein könnten, und auch um ein bißchen Whiskey zu trinken, der ein gutes Hilfsmittel bei Jagdgedanken und anderem zu sein schien.

«Hey, Kleiner, setze deinen Hintern in Bewegung und schau mal, was sich mit dem Geschirr machen läßt.» Das war einer der älteren Jäger, der das sagte. Fährten und Adern in klangfarbenem Marmor führen zu seiner Stimme zurück.

Ich denke oft an den Rembrandtfluß, und daß er war wie ein Gemälde, das im größten Museum der Welt hing, mit einem Dach bis zu den Sternen und Galerien, die mit vorbeihuschenden Kometen vertraut waren.

Ich habe nur einmal darin gefischt.

Ich hatte keine Angelrute, bloß eine 30:30er Winchester, deshalb nahm ich einen alten, rostigen, umgebogenen Nagel, band ihn, wie der Geist meiner Kindheit, mit einem weißen Faden daran fest und versuchte, mit einem Stück Rehfleisch als Köder, eine Forelle zu fangen, und ich hätte auch fast eine erwischt, ich zog sie aus dem Wasser, und da rutschte sie von meinem Nagel herunter und wieder in das Gemälde zurück, das sie davontrug, dahin zurück, wohin sie gehörte, ins siebzehnte Jahrhundert auf die Staffelei eines Mannes namens Rembrandt.

«Karthagotrichter»

Der Karthago entsprang brüllend aus einer Quelle, die wie ein wildes Brunnenloch war. Er strömte arrogant etwa ein Dutzend Meilen weit durch einen offenen Cañon und verschwand dann an einer Stelle, die Karthagotrichter genannt wurde, in der Erde.

Der Fluß erzählte gern allen (alle, das heißt hier der Himmel, der Wind, ein paar Bäume, die da in der Gegend standen, Vögel, Rehe und sogar die Sterne, falls Sie das glauben können), was für ein großartiger Fluß er wäre.

«Ich komme brüllend aus der Erde, und ich kehre brüllend wieder in die Erde zurück. Ich bin der Herr meiner Wasser. Ich bin meine eigene Mutter und mein eigener Vater. Ich brauch keinen einzigen Tropfen Regen. Schaut nur meine glatten kräftigen weißen Muskeln an. Ich bin meine eigene Zukunft!»

Der Karthago redete jahrtausendelang so daher. Selbstverständlich hatten ihn alle

(alle, das heißt hier der Himmel etc.) bis obenhin satt.

Wenn sie es vermeiden konnten, hielten sich Vögel und Rehe von diesem Teil des Landes fern. Die Sterne mußten sich darauf beschränken, eine Art Wartespiel zu spielen, und ein drastischer Mangel an Wind machte sich in der Gegend bemerkbar, der dem Karthago natürlich nicht auffiel.

Sogar die Forellen, die hier lebten, schämten sich für den Fluß und waren immer froh, wenn sie starben. Alles war besser, als in diesem gottverdammten bombastischen Fluß zu leben.

Eines Tages, mitten in seinem bombastischen Redefluß, trocknete der Karthago aus. «Ich bin der Herr meiner...» Er hörte einfach auf.

Er konnte es nicht fassen. Nicht ein Tropfen Wasser kam mehr aus der Erde, und sein Trichter war bald bloß noch ein Rinnsal, das in die Erde zurücktröpfelte wie der Rotz aus der Nase eines Kindes.

Der Stolz des Karthago schwand in einem ironischen Tröpfeln dahin, und der Cañon kam langsam in Stimmung. Überall flogen plötzlich Vögel herum und betrachteten mit fröhlichen Augen, was geschehen war, und ein starker Wind kam auf, und sogar die Sterne schienen an diesem Abend eher herauszukommen und schauten sich alles an und strahlten ganz selig.

Ein paar Meilen entfernt in einem Gebirge war ein Sommergewitter, und der Karthago flehte darum, daß es ihm mit seinem Regen zu Hilfe komme.

«Bitte», sagte der Fluß mit einer Stimme, die jetzt nur noch der Schatten eines Flüsterns war. «Hilf mir. Ich brauch Wasser für meine Forellen. Sie sterben doch. Schau dir doch die armen kleinen Dinger an.»

Das Gewitter schaute sich die Forellen an. Sie waren sehr glücklich über den jetzigen Stand der Dinge, obwohl sie bald sterben würden.

Das Gewitter erfand eine unglaublich ausgetüftelte Geschichte, daß es jemandes Großmutter besuchen müßte, deren Eismaschine kaputt wäre, und daß irgendwie ganze Regenmassen nötig wären, um sie zu reparieren. «Aber vielleicht kommen wir in ein paar Monaten zusammen. Ich ruf dich an, bevor ich rüberkomme.»

Am nächsten Tag, der natürlich der 17. August 1921 war, fuhren viele Besucher, Leute aus der Stadt und so, mit ihren Autos hinaus, schauten sich den ehemaligen Fluß an und schüttelten verwundert den Kopf. Sie hatten auch eine Menge Picknickkörbe dabei.

In der Lokalzeitung war ein Artikel mit zwei Fotos, auf denen man zwei große leere Löcher sah, die einmal die Quelle und der Trichter des Karthago gewesen waren. Sie sahen aus wie Nasenlöcher. Auf einem anderen Foto sah man einen Cowboy, der auf seinem Pferd saß, in der einen Hand einen Regenschirm hielt und mit der anderen in die Tiefe des Karthagotrichters deutete. Das Foto sollte die Leute zum Lachen bringen, und genau das taten sie auch.

Hier haben Sie also die verschollenen Kapitel von *Forellenfischen in Amerika*. Ihr Stil ist wahrscheinlich ein wenig anders, weil ich jetzt auch ein wenig anders bin, ich bin vierunddreißig, und sie waren wahrscheinlich auch in einer etwas anderen Form abgefaßt. Es ist interessant, daß ich sie nicht schon 1961 neu geschrieben habe, sondern bis zum 4. Dezember 1969, fast ein Jahrzehnt, gewartet habe und erst dann versucht habe, hinzugehen und sie mit zurückzubringen.

Das Wetter in San Francisco

Es war ein bewölkter Nachmittag, und ein italienischer Fleischer verkaufte ein Pfund Fleisch an eine sehr alte Frau, aber was kann denn eine so alte Frau schon mit einem Pfund Fleisch anfangen?

Sie war zu alt für soviel Fleisch. Vielleicht benutzte sie es als Bienenstock und hatte fünfhundert goldene Bienen daheim, die auf das Fleisch warteten und deren Körper prall mit Honig gefüllt waren.

«Was hätten Sie denn heute gern?» fragte der Fleischer. «Wir haben gutes Hackfleisch da. Es ist mager.»

«Ich weiß nicht», sagte sie. «Mit Hackfleisch ist das so eine Sache.»

«Ja, es ist mager. Ich habs selber durch die Maschine gelassen. Ich hab viel mageres Fleisch reingetan.»

«Hackfleisch ist wohl nicht das richtige», sagte sie. «Ja», sagte der Fleischer. «Heut ist ein guter Tag für Hackfleisch. Schaun Sie doch mal raus. Es ist bewölkt. Ein paar von den Wolken sehen sehr nach Regen aus. Ich würde Hackfleisch nehmen», sagte er.

«Nein», sagte sie. «Ich will kein Hackfleisch, und ich glaub nicht, daß es regnet. Ich glaub, daß die Sonne noch rauskommt und daß es noch ein sehr schöner Tag wird, und ich will ein Pfund Leber.»

Der Fleischer war geschockt. Er verkaufte nicht gern Leber an alte Damen. Irgendwas machte ihn dabei immer nervös. Er hatte jetzt keine Lust mehr, mit ihr zu reden.

Widerwillig säbelte er ein Pfund Leber von einem riesigen roten Fleischklumpen ab, wickelte es in weißes Papier ein und steckte es in eine braune Tüte. Das Ganze war ein sehr unangenehmes Erlebnis für ihn.

Er nahm ihr Geld entgegen, gab ihr heraus und zog sich in die Geflügelabteilung zurück, um wieder ein wenig Abstand von den Dingen zu gewinnen. Die alte Frau benutzte ihre Knochen wie das Segelwerk eines Schiffs und steuerte auf die Straße hinaus. Sie trug die Leber stolz wie einen Sieg und ging so dahin, bis sie zu einem sehr steilen Hügel kam.

Sie stieg den Hügel hinauf, und weil sie sehr alt war, fiel ihr das sehr schwer. Sie wurde müde und mußte oft stehenbleiben und verschnaufen, bis sie oben ankam.

Oben auf dem Hügel stand das Haus der alten Frau: ein schmalbrüstiges San Francisco-Haus mit Erkerfenstern, in denen sich ein bewölkter Tag spiegelte.

Sie öffnete ihre Tasche, die wie eine kleine Herbstwiese war, und fand, neben den abgebrochenen Zweigen eines alten Apfelbaums, ihre Schlüssel. Dann machte sie die Tür auf. Die Tür war eine alte verläßliche Freundin. Sie nickte der Tür zu und ging ins Haus hinein und einen langen Flur hinunter in ein Zimmer, das voller Bienen war.

Überall im Zimmer waren Bienen. Bienen auf den Stühlen. Bienen auf dem Bild ihrer toten Eltern. Bienen auf den Vorhängen. Bienen auf einem altertümlichen Radio, das einmal den dreißiger Jahren zugehört hatte. Bienen auf ihrem Kamm und ihrer Bürste.

Die Bienen kamen zu ihr und schwirrten verliebt um sie herum, während sie die Leber auswickelte und auf ein wolkiges Silbertablett legte, das sich bald in einen sonnigen Tag verwandelte.

Komplizierte Bankprobleme

Ich habe ein Bankkonto, weil es mir zu dumm geworden ist, mein Geld im Hinterhof zu vergraben, und weil noch etwas anderes passiert ist. Als ich vor ein paar Jahren Geld vergrub, bin ich auf ein menschliches Skelett gestoßen.

Das Skelett hatte die Überreste einer Schaufel in der einen Hand und eine halb aufgelöste Kaffeedose in der anderen. In der Kaffeedose war eine Art Roststaubmasse, die wahrscheinlich einmal Geld gewesen war, und jetzt hab ich eben ein Bankkonto.

Aber das bewährt sich meistens auch nicht besonders. Wenn ich in der Schlange warte, stehen fast immer Leute vor mir, die komplizierte Bankprobleme haben. Und ich steh da und muß diese amerikanischen Geldsachen, diese Witzblattkreuzigungen ertragen.

Es geht ungefähr so: Drei Leute stehen vor mir. Ich muß einen kleinen Scheck einlösen, eine Angelegenheit von einer Minute. Der Scheck ist schon geprüft. Ich halte ihn in der Hand, er zeigt in Richtung Kassierer.

Am Schalter wird gerade eine fünfzigjährige Frau bedient. Obwohl es ein heißer Tag ist, hat sie einen langen schwarzen Mantel an. Sie fühlt sich in dem Mantel anscheinend sehr wohl, und ein seltsamer Geruch geht von ihr aus. Ich überlege ein paar Sekunden, und dann geht mir auf, daß das das erste Anzeichen eines komplizierten Bankproblems ist.

Dann greift sie in die Falten ihres Mantels und zieht den Schatten eines Kühlschranks heraus, der mit saurer Milch und jahrealten Karotten gefüllt ist. Sie will den Schatten auf ihr Sparkonto einzahlen. Den Einzahlungsschein hat sie schon ausgefüllt.

Ich schau an die Decke der Schalterhalle und tu so, als wäre sie die Sixtinische Kapelle.

Die alte Frau leistet ganz schön Widerstand, bevor sie abgeführt wird. Auf dem Fußboden ist eine Menge Blut. Sie hat einem der Wächter ein Ohr abgebissen.

Man muß ihren Schneid wirklich bewundern.

Der Scheck in meiner Hand lautet auf zehn Dollar.

Die nächsten beiden Leute in der Reihe sind in Wirklichkeit nur eine Person. Sie sind ein siamesisches Zwillingspaar, aber jeder hat sein eigenes Sparbuch.

Der eine zahlt zweiundachtzig Dollar auf sein Sparkonto ein, und der andere löst sein Sparkonto auf. Der Kassierer zählt ihm 3574 Dollar hin, und er steckt sie in die Tasche auf seiner Hosenhälfte.

Das dauert alles seine Zeit. Ich schau wieder an die Decke der Schalterhalle, aber ich kann nicht mehr so tun, als wäre sie die Sixtinische Kapelle. Mein Scheck ist so verschwitzt, als wäre er schon 1929 ausgestellt worden.

Der letzte zwischen mir und dem Kassierer hat ein total anonymes Gesicht. Er ist so anonym, daß er kaum vorhanden ist.

Er legt 237 Schecks auf den Schaltertisch, die er auf sein Girokonto einzuzahlen wünscht. Die Gesamtsumme beträgt 489 000 Dollar. Er will auch noch 611 Schecks auf sein Sparkonto einzahlen; Gesamtbetrag 1 754 961 Dollar.

Seine Schecks bedecken den Schaltertisch vollständig wie ein erfolgreicher Schneesturm. Der Kassierer beginnt mit seiner Arbeit, als wäre er ein Langstreckenläufer, und ich steh da und überlege, ob das Skelett im Hinterhof am Ende nicht doch die richtige Entscheidung getroffen hat.

Ein hohes Gebäude in Singapur

Es ist ein hohes Gebäude in Singapur, in dem das einzig Schöne dieses San Francisco-Tages liegt, an dem ich die Straße hinuntergehe, mich schrecklich fühle und mein Hirn beobachte, das mit der Effizienz eines pflaumenweichen Bleistifts arbeitet.

Eine junge Mutter geht an mir vorbei und redet mit ihrer kleinen Tochter, die wirklich noch zu klein ist, um schon reden zu können, aber sie redet trotzdem, und zwar sehr aufgeregt, mit ihrer Mutter über irgendwas. Ich bekomme nicht ganz genau mit, was sie sagt, weil sie noch so klein ist.

Ich meine, sie ist wirklich winzig.

Dann antwortet ihre Mutter und läßt meinen Tag mit einem blödsinnigen Lichtschein explodieren. «Es war ein hohes Gebäude in Singapur», sagte sie zu der Kleinen, die begeistert wie ein heller, klangfarbener Pfennig antwortet: «Ja, es war ein hohes Gebäude in Singapur!»

Ein unbegrenzter Vorrat an 35-Millimeter-Film

Die Leute können sich nicht erklären, warum er mit ihr zusammen ist. Sie begreifen es nicht. Er sieht so gut aus, und sie ist so unscheinbar. «Was sieht er denn nur in ihr?»

fragen sie sich und fragt einer den andern. Am Kochen kann es nicht liegen, das wissen sie, denn sie ist keine gute Köchin. Ungefähr das einzige, was sie kochen kann, ist ein halbwegs anständiger Hackbraten. Sie macht ihn jeden Dienstagabend, und am Mittwoch bekommt er dann immer ein Hackbraten-Sandwich mit zur Arbeit. Jahre vergehen. Sie bleiben beisammen, während ihre Freunde auseinandergehen.

Der Ansatz zu einer Antwort liegt, wie bei so vielen solcher Dinge, in dem Bett, in dem sie miteinander schlafen. Sie wird hier das Kino, in dem er Filme seiner sexuellen Träume spielt. Ihr Körper ist wie weiche, lebendige Sitzreihen in einem Kino, die hinunterführen zu einer Vagina, der warmen Leinwand seiner Phantasie, wo er mit all den Frauen schläft, die er wie quecksilberschnell vorbeihuschende Filme sieht und begehrt, aber sie weiß überhaupt nichts davon.

Alles, was sie weiß, ist, daß sie ihn sehr liebt und daß es immer Spaß macht mit ihm und daß es ihr sehr gut tut. Ungefähr um vier Uhr nachmittags wird sie immer sehr aufgeregt, weil sie weiß, daß er um fünf Uhr von der Arbeit heimkommt.

Er hat schon mit Hunderten von Frauen in

ihr geschlafen. Alle seine Träume gingen in ihr in Erfüllung, wenn sie in seiner Berührung dalag wie ein schlichtes, zufriedenes Kino und nur an ihn dachte.

«Was sieht er denn nur in ihr?» fragen sich die Leute immer noch und fragt einer den andern. Sie sollten es besser wissen. Die entscheidende Antwort ist sehr einfach. Es ist alles in seinem Kopf.

Das Scarlatti-Turnier

«Es ist sehr schwierig, in einer Atelierwohnung in San Jose mit einem Mann zu wohnen, der Geige spielen lernt.» Das sagte sie zu den Polizisten, als sie ihnen den leeren Revolver gab.

Ernest Hemingways Sekretärin

Es klingt wie geistliche Musik. Ein Freund von mir ist gerade aus New York zurückgekommen, wo Ernest Hemingways Sekretärin ein paar Sachen für ihn getippt hat.

Er ist ein erfolgreicher Schriftsteller, deshalb hat er sich die allerbeste genommen, und das ist zufällig die Frau, die für Ernest Hemingway getippt hat. Das reicht, um einem den Atem zu verschlagen, die Lungen mit Schweigen zu marmorieren.

Ernest Hemingways Sekretärin!

Sie ist der wahr gewordene Traum jedes jungen Schriftstellers: mit ihren Händen, die wie ein Spinett sind, und der gesammelten Intensität ihres Blicks, und auf alles folgt der tiefe Klang ihrer Schreibmaschine.

Er zahlte ihr fünfzehn Dollar die Stunde. Das ist mehr Geld, als ein Klempner oder ein Elektriker bekommt.

$ 120 am Tag! Fürs Tippen!

Er sagte, daß sie einem alles macht. Man gibt ihr einfach die Vorlage, und wie ein Wunder erscheint eine attraktive, korrekte Orthographie und eine Interpunktion, die so wunderschön ist, daß einem die Tränen kommen und Absätze, die aussehen wie griechische Tempel. Und sie schreibt einem sogar Sätze zu Ende.

Sie ist Ernest Hemingways

Sie ist Ernest Hemingways Sekretärin.

Hommage für den CVJM San Francisco

Es war einmal ein Mann in San Francisco, der die schöneren Dinge des Lebens wirklich schätzte, besonders die Lyrik. Er schätzte gute Verse.

Er konnte es sich leisten, sich seiner Neigung hinzugeben, was bedeutete, daß er nicht arbeiten mußte, weil er eine großzügige Rente bezog, die das Ergebnis einer Investition seines Großvaters war, der in den zwanziger Jahren Geld in eine recht einträglich laufende private Nervenklinik in Südkalifornien gesteckt hatte.

Sie war, wie man so sagt, ein florierendes Unternehmen, und sie lag im San Fernando Valley, gleich außerhalb von Tarzana. Sie gehörte zu den Kliniken, die nicht aussehen wie eine Nervenklinik. Sie sah aus wie etwas anderes, und überall waren Blumen, meistens Rosen.

Die Schecks kamen immer am 1. und 15. jeden Monats, auch dann, wenn an dem Tag keine Postzustellung war. Der Mann besaß ein hübsches Haus in Pacific Heights, und wenn er ausging, kaufte er immer Lyrik. Natürlich hatte er noch nie einen Dichter persönlich kennengelernt. Das wäre doch ein wenig zuviel gewesen.

Eines Tages kam er zu dem Schluß, daß seine Neigung zur Lyrik bloß durchs Gedichtelesen oder durchs Anhören von Lyrikplatten nicht voll realisiert werden konnte. Er beschloß, die Installationen in seinem Haus zu entfernen und sie vollständig durch Lyrik zu ersetzen, und das machte er dann auch.

Er stellte das Wasser ab, baute die Leitungsrohre aus und ersetzte sie durch John Donne. Die Leitungen sahen nicht gerade glücklich aus. Er entfernte die Badewanne und stellte William Shakespeare an ihren Platz. Die Badewanne wußte nicht, wie ihr geschah.

Er baute das Spülbecken in seiner Küche aus und setzte Emily Dickinson ein. Das Spülbecken konnte ihn nur noch verwundert anstarren. Er baute das Waschbecken in seinem Badezimmer aus und setzte Wladimir Majakowski ein. Das Waschbecken brach, obwohl das Wasser abgestellt war, in Tränen aus.

Er nahm seinen Boiler heraus und ersetzte ihn durch Michael McClures Gedichte. Der

Boiler verlor fast den Verstand. Schließlich baute er seine Toilette aus und ersetzte sie durch die weniger bedeutenden Dichter. Die Toilette überlegte, ob sie auswandern sollte.

Und jetzt war die Zeit dafür gekommen zu prüfen, wie alles funktionierte, und die Früchte seiner erstaunlichen Arbeit zu genießen. Christoph Kolumbus' etwas verwegene Segelfahrt nach Westen war im Vergleich dazu nur der Schatten eines trostlosen Unterfangens. Er stellte das Wasser wieder an und inspizierte die Realisierung seiner Vision. Er war ein glücklicher Mann.

«Ich nehme jetzt mal ein Bad», beschloß er zur Feier des Tages. Er versuchte, Michael McClure warm zu machen und in William Shakespeare zu baden, und was dann geschah, war nicht ganz das, was er geplant hatte.

«Ich kann ja auch abspülen», sagte er. Er versuchte, ein paar Teller in «Ich koste nie gebrauten Trank» zu waschen und entdeckte, daß es schon einen Unterschied gab zwischen diesem Trank und einem Spülbekken. Verzweiflung zog herauf.

Er versuchte, auf die Toilette zu gehen, aber die weniger bedeutenden Dichter brachten überhaupt nichts. Sie fingen an, über ihre

Karrieren zu quatschen, während er dasaß und zu scheißen versuchte. Einer von ihnen hatte 197 Sonette über einen Pinguin geschrieben, und er fand, da wäre schon ein Pulitzer-Preis drin.

Plötzlich begriff der Mann, daß Lyrik Installationen nicht ersetzen konnte. Ihm war ein Licht aufgegangen, wie man in so einem Fall sagt. Er beschloß unverzüglich, die Lyrik herauszunehmen und alles wieder einzubauen, die Leitungen, die Becken, die Badewanne, den Boiler und die Toilette.

«Es hat einfach nicht so funktioniert, wie ich dachte», sagte er. «Ich muß die Installationen wieder einbauen. Und die Lyrik rausnehmen.» Das schien ihm nur vernünftig zu sein, jetzt, wo er im grellen Licht des Mißerfolgs nackt dastand.

Aber dann geriet er in noch größere Schwierigkeiten als zuvor. Die Lyrik wollte nicht gehen. Es machte ihr großen Spaß, den Platz der alten Installationen einzunehmen.

«Ich mach mich doch großartig als Spülbecken», sagte Emily Dickinsons Lyrik.

«Wir sehen wunderbar aus als Toilette», sagten die weniger bedeutenden Dichter.

«Wir sind famose Leitungsrohre», sagten John Donnes Gedichte.

«Ich bin ein tadelloser Boiler», sagte Michael McClures Lyrik.

Im Badezimmer sang Wladimir Majakowski neue Wasserhähne – es gibt Wasserhähne jenseits des Leidens –, und William Shakespeares Gedichte strahlten und lächelten.

«Für euch ist das wirklich toll und prima», sagte der Mann. «Aber ich brauche Installationen in meinem Haus, *wirkliche* Installationen. Und die Betonung liegt auf *wirklich*. Wirklich! Gedichte schaffen das nicht. Stellt euch doch den Realitäten», sagte der Mann zu den Gedichten.

Aber die Gedichte weigerten sich zu gehen. «Wir bleiben.» Der Mann drohte mit der Polizei. «Mach nur zu und sperr uns ein, du Analphabet», sagten die Gedichte wie aus einem Mund.

«Ich ruf die Feuerwehr!»

«Bücherverbrenner!» schrien die Gedichte.

Der Mann fing an, die Gedichte zu schlagen. Es war das allererste Mal, daß er in eine Schlägerei verwickelt war. Er trat Emily Dickinsons Lyrik gegen die Nase.

Natürlich kamen die Gedichte Michael McClures und Wladimir Majakowskis sofort an und sagten auf englisch und auf russisch: «So gehts natürlich nicht», und warfen ihn die Treppe hinunter, daß er bis zum nächsten Absatz flog. Er begriff seine Lektion.

Das war vor zwei Jahren. Der Mann wohnt jetzt im CVJM in San Francisco, und es gefällt ihm sehr gut. Er hält sich länger im Badezimmer auf als alle andern. Er geht immer nachts hinein, dreht das Licht aus und redet im Dunkeln mit sich selber.

Der alte Bus

Ich tu, was alle andern auch tun: Ich lebe in San Francisco. Manchmal zwingt mich Mutter Natur, mit dem Bus zu fahren. Gestern zum Beispiel. Ich wollte an einen Ort außerhalb der Reichweite meiner Beine, weit draußen in der Clay Street, deshalb wartete ich auf einen Bus.

Es war nicht unangenehm, wir hatten einen schönen warmen Herbsttag, und es war ungeheuer klar. Eine alte Frau wartete mit mir. Kein ungewöhnliches Ereignis, wie man sagen könnte. Sie hatte eine große

Handtasche und trug weiße Handschuhe, die straff wie Pflanzenschalen an ihren Händen saßen.

Ein Chinese fuhr auf einem Motorrad vorbei. Ich war ganz verdutzt. Ich hatte einfach noch nie daran gedacht, daß Chinesen Motorrad fahren. Manchmal paßt die Wirklichkeit schrecklich genau, wie die Pflanzenschalen an den Händen der alten Frau.

Ich war froh, als der Bus kam. Man verspürt immer ein gewisses Glücksgefühl, wenn der Bus kommt. Es ist natürlich eine kleine, spezialisierte Art von Glück, und es wird nie eine große Sache sein.

Ich ließ die alte Frau zuerst einsteigen und schritt nach klassischem, mittelalterlichem Brauch hinter ihr, und fürstliche Parkettböden folgten mir in den Bus.

Ich warf meine fünfzehn Cent ein und bekam meinen gewohnten Umsteigfahrschein, obwohl ich keinen brauchte. Ich nehme immer einen Umsteigfahrschein. Dann hab ich während der Fahrt etwas mit meinen Händen zu tun. Ich *brauche* Aktivität.

Ich setzte mich hin und schaute mich im Bus um, wer alles da war, und es dauerte ungefähr eine Minute, bis ich merkte, daß etwas mit dem Bus nicht stimmte, und es dauerte ungefähr genauso lang, bis die anderen Leute merkten, daß etwas mit dem Bus nicht stimmte, und das, was nicht stimmte, war ich.

Ich war jung. Alle andern im Bus, ungefähr neunzehn Leute, waren Männer und Frauen in den Sechzigern, Siebzigern und Achtzigern, und ich war noch keine dreißig. Sie starrten mich an, und ich starrte sie an. Wir waren alle bestürzt und verlegen.

Wie war das passiert? Warum waren wir plötzlich Akteure in diesem grausamen Schicksal und konnten den Blick nicht voneinander wenden?

Ein ungefähr achtundsiebzigjähriger Mann klammerte sich verzweifelt an seinem Revers fest. Eine vielleicht dreiundsechzigjährige Frau fing an, ihre Hände, Finger um Finger, durch ein weißes Taschentuch zu filtern.

Ich fühlte mich schrecklich, weil ich sie auf so grausame und ungewöhnliche Weise an ihre verlorene Jugend, an die Reise durch magere Jahre erinnert hatte. Warum wurden wir hier so zusammengeschmissen, als wären wir nichts als ein sonderbarer Salat, der auf den Sitzen eines gottverdammten Busses serviert wurde?

Ich stieg bei der nächstbesten Gelegenheit aus. Alle waren glücklich, mich gehen zu sehen, und keiner war glücklicher als ich.

Ich blieb stehen und schaute dem Bus nach, dessen seltsame Fracht jetzt in Sicherheit war, wie er langsam undeutlich wurde auf der Reise durch die Zeit und schließlich außer Sicht war.

Die Geisterkinder von Tacoma

Die Kinder von Tacoma, Washington, traten im Dezember 1941 in den Krieg ein. Für sie schien es das Nächstliegende zu sein, in die Fußstapfen ihrer Eltern und anderer Erwachsener zu treten, die sich verhielten, als verstünden sie, was geschah.

«Denkt an Pearl Harbor!» sagten sie.

«Verlaßt euch drauf!» sagten wir.

Ich war damals ein Kind, obwohl ich heute aussehe wie jemand anderer. Wir führten Krieg in Tacoma. Kinder können imaginäre Feinde genauso töten, wie Erwachsene wirkliche Feinde töten können. Es zog sich über Jahre hin. Während des Zweiten Weltkriegs tötete ich persönlich 352 892 feindliche Soldaten, Verwundete gab es nicht. Kinder brauchen im Krieg sehr viel weniger Lazarette als Erwachsene. Kinder sehen die Sache mehr von der Alle-tot-keiner-lebt-Seite.

Ich versenkte 987 Schlachtschiffe, 532 Flugzeugträger, 799 Kreuzer, 2007 Zerstörer und 161 Transportschiffe. Transporte waren kein allzu interessantes Ziel: viel zuwenig Spaß und Herausforderung.

Ich versenkte auch 5465 feindliche Schnellboote. Ich weiß auch nicht, warum ich so viele versenkte. Es ergab sich einfach so. Vier Jahre lang versenkte ich, jedesmal wenn ich mich umdrehte, ein Schnellboot. Ich wundere mich immer noch darüber. 5465 Schnellboote sind eine ganze Menge.

Ich versenkte nur drei U-Boote. U-Boote lagen einfach nicht auf meiner Linie. Mein erstes U-Boot versenkte ich im Frühjahr 1942. Im Dezember und Januar sausten eine Menge Kinder herum und versenkten links und rechts lauter U-Boote. Ich wartete.

Ich wartete bis April, und dann, eines Morgens auf dem Schulweg: PENG! mein erstes U-Boot, genau vor einem Lebensmittelladen. Ich versenkte mein zweites U-Boot 1944. Ich konnte es mir leisten, zwei Jahre zu warten, bevor ich noch eins versenkte.

Ich versenkte mein letztes U-Boot im Februar 1945, ein paar Tage nach meinem zehnten Geburtstag. Ich war nicht ganz zufrieden mit den Geschenken, die ich in diesem Jahr bekommen hatte.

Und dann erst der Himmel! Ich wagte mich in den Himmel hinauf, suchte dort den Feind, während der Mount Rainier sich wie ein kalter weißer General im Hintergrund erhob.

Ich war ein As als Pilot mit meiner P-38 und meiner Grumman Wildcat, meiner P-51 Mustang und meiner Messerschmitt. Ja, ganz richtig: Messerschmitt. Ich hatte eine erbeutet und ließ sie in einer besonderen Farbe anmalen, damit meine eigenen Leute nicht versehentlich versuchen würden, mich abzuschießen. Jeder kannte meine Messerschmitt, und der Feind mußte ganz verteufelt dafür bezahlen.

Ich schoß 8942 Jagdflugzeuge ab, 6420 Bomber und 51 kleinere Luftschiffe. Die meisten Luftschiffe schoß ich am Anfang ab, als der Krieg noch frisch und neu war. Später, irgendwann 1943, hörte ich auf, überhaupt noch Luftschiffe abzuschießen. Zu langsam.

Ich zerstörte auch noch 1281 Panzer, 777

Brücken und 109 Ölraffinerien, weil ich wußte, wir waren im Recht.

«Denkt an Pearl Harbor!» sagten sie.

«Verlaßt euch drauf!» sagten wir.

Ich schoß die feindlichen Flugzeuge ab, indem ich die Arme ausstreckte, mit einem Mordstempo losrannte und aus Leibeskräften brüllte: RAT-tattattattattattattattattattatta!

Kinder machen so was nicht mehr. Kinder machen jetzt andere Sachen, und weil Kinder andere Sachen machen, habe ich jetzt oft ganze Tage, an denen ich mich fühle wie der Geist eines Kindes und die Erinnerung an Kinderspiele prüfe wie einen Film, der noch mal abgespielt wird, wieder zurückgespielt wird in die Erde.

Und noch etwas anderes machte mir viel Spaß, als ich ein junger Flieger war. Ich stöberte zwei Taschenlampen auf, und nachts gings dann los: ich streckte die Arme aus, links und rechts eine Taschenlampe, und war ein Nachtflieger und schwirrte durch die Straßen Tacomas.

Ich spielte auch zu Hause Flugzeug, mit vier Stühlen, die ich aus der Küche holte und zusammenstellte: zwei Stühle hintereinander als Rumpf und je ein Stuhl als Flügel.

Zu Hause spielte ich meistens Stuka-Angriffe. Die Stühle schienen dafür besonders geeignet. Meine Schwester saß immer in dem Sitz hinter mir und funkte dringende Meldungen an die Bodenstation.

«Wir haben nur noch eine Bombe, aber wir können doch den Flugzeugträger nicht entwischen lassen. Wir müssen die Bombe in den Schornstein werfen. Ende. Danke, Herr Hauptmann, Glück brauchen wir jetzt mehr als je. Ende.»

Meine Schwester sagte dann immer zu mir: «Glaubst du, du schaffst es?», und ich antwortete dann: «Na klar, halt deine Mütze fest.»

Deine Mütze
ist Weg Diese
Zwanzig Jahre
1. Januar
1965

Mit Trick-or-treat in Schiffen zum Meer hinunter*

Als Kind spielte ich an Halloween immer, ich wäre ein Matrose und machte meine Trick-or-treat-Tour immer in Schiffen bis zum Meer hinunter. Mein Beutel mit Süßigkeiten und anderen Sachen hing am Ruder, und meine Halloweenmaske war mein Segelwerk, das durch die wunderschöne Herbstnacht glitt, und die Lampen auf den Veranden vor den Häusern leuchteten wie Anlaufhäfen.

Trickortreat war der Kapitän unseres Schiffs, und er sagte: «Wir bleiben nur kurze Zeit in diesem Hafen. Ich möchte, daß ihr alle an Land geht und euch vergnügt. Denkt nur daran, daß wir bei Morgengrauen lossegeln.» Mein Gott, er hatte recht! Wir segelten bei Morgengrauen.

* «Trick or treat!» – mit diesem Ruf ziehen die Kinder an Halloween, dem Abend des 31. Oktober, von Haus zu Haus. Der Ruf bedeutet: entweder wir bekommen ein Geschenk (normalerweise Süßigkeiten), oder wir spielen euch einen Streich.

Brombeerfahrer

Die Brombeerstauden wucherten überall und schlängelten sich wie grüne Drachenschwänze an den Seiten einiger aufgelassener Lagerhäuser hinauf, die in einem Industriebezirk standen, der schon bessere Zeiten gesehen hatte. Die Stauden waren so riesig, daß die Leute Bretter wie Brücken darüberlegten, um an die guten Beeren in der Mitte zu kommen.

Es gab eine ganze Menge Brombeerbrükken. Ein paar bestanden aus fünf oder sechs Brettern, und man mußte vorsichtig balancieren, denn wenn man runterfiel, fiel man eineinhalb Meter tief in die Brombeerstauden, und an den Dornen konnte man sich ganz schön verletzen.

Man kam nicht einfach hierher, wenn man mal ein paar Brombeeren für einen Kuchen brauchte oder weil man Brombeeren mit Milch und Zucker essen wollte. Hierher kam man, wenn man Brombeeren für die Wintermarmelade holte oder wenn man sie verkaufen wollte, weil man ein wenig mehr Geld als den Eintritt fürs Kino brauchte.

Da draußen gab es wirklich unglaublich viele Brombeeren. Sie waren wie riesige schwarze Diamanten, und man mußte eine Menge mittelalterlicher Brombeer-Belagerungstricks beherrschen, Zugänge freihakken und Brücken schlagen, bis man die Brombeerfestungen stürmen konnte.

«Die Festung ist gefallen!»

Manchmal, wenn mir das Brombeerpflükken zu langweilig wurde, schaute ich hinunter in die tiefen, schattigen, verliesartigen Räume zwischen den Stauden. Da unten waren Dinge, die ich nicht genau erkennen konnte, und Formen, die sich wie Trugbilder dauernd zu verändern schienen.

Einmal, als ich eine Brücke weit in die Stauden hinausgelegt hatte, wurde ich sehr neugierig und kauerte mich auf das fünfte Brett der Brücke und schaute angestrengt in die Tiefe, wo Dornen wie die Zacken einer gefährlichen Keule lauerten. Als sich meine Augen an die Dunkelheit gewöhnt hatten, sah ich direkt unter mir einen alten Ford.

Ich kauerte sehr lange auf dem Brett und starrte auf das Auto hinunter, bis ich merkte, daß ich einen Krampf in den Beinen hatte. Es dauerte ungefähr zwei Stunden, bis ich mir den Weg zum Auto hinunter gebahnt hatte und mit zerrissenen Kleidern und voll blutiger Kratzer im Fahrersitz saß: Die Hände am

Lenkrad, einen Fuß auf dem Gaspedal, einen Fuß auf der Bremse, saß ich da, vom Geruch mittelalterlicher Polstersitze umgeben, und schaute aus dem dämmerigen Dunkel durch die Windschutzscheibe hinauf in grüne, sonnendurchschienene Schatten.

Ein paar andere Brombeerpflücker kamen an und machten sich auf den Brettern über mir ans Brombeerpflücken. Sie waren ganz aufgeregt. Sie waren wahrscheinlich zum erstenmal da und hatten noch nie solche Brombeeren gesehen. Ich saß unter ihnen in meinem Auto und hörte ihnen zu.

«Hey, schau dir mal *die* Brombeere an!»

Thoreau-Gummiband

Das Leben ist so einfach wie eine Fahrt durch New Mexico in einem geliehenen Jeep, wenn man neben einem Mädchen sitzt, das so hübsch ist, daß man sich einfach jedesmal, wenn man sie anschaut, rundherum wohl fühlt. Es hat dauernd geschneit, und wir haben einen Umweg von hundertfünfzig Meilen machen müssen, weil der Schnee unsere Straße wie ein Stundenglas versperrt hat.

Ich bin jetzt wirklich sehr aufgeregt, weil wir in die kleine Stadt Thoreau, New Mexico, fahren, um uns zu erkundigen, ob der Highway 56 zum Chaco Cañon frei ist. Wir wollen uns dort die indianischen Ruinen ansehen.

Der Schnee liegt so schwer auf dem Boden, daß man den Eindruck hat, er hätte gerade seine Staatspension bekommen und freue sich auf einen langen und heiteren Ruhestand. In der Pensionistenlässigkeit des Schnees liegt ein Café. Ich steige aus dem Jeep, und das Mädchen bleibt sitzen, während ich in das Café gehe, um mich wegen der Straße zu erkundigen.

Die Bedienung ist eine Frau in mittleren Jahren. Sie schaut mich an, als sei ich ein ausländischer Film, der gerade aus dem Schnee hereingekommen ist, mit Jean-Paul Belmondo und Cathérine Deneuve in den Hauptrollen. Das Café riecht wie ein fünfzig Fuß langes Frühstück. Zwei Indianer sitzen da und essen Schinken mit Ei.

Sie sagen nichts, und sie sind gespannt, was ich hier will. Ich frage die Bedienung nach der Straße, und sie sagt mir, daß sie gesperrt ist. Sie sagt es in einem einzigen, endgültigen Satz. Und damit hat sich der Fall.

Ich will schon zur Tür hinaus, aber einer der Indianer dreht sich halb nach mir um und sagt: «Die Straße ist frei, ich war heut morgen schon da.»

«Ist sie die ganze Strecke bis zum Highway 44 frei: zur Straße nach Cuba?» fragte ich ihn.

«Ja.»

Die Bedienung wendet plötzlich ihre Aufmerksamkeit dem Kaffee zu. Genau jetzt muß sich jemand um den Kaffee kümmern, und sie übernimmt diese Aufgabe zum Wohl aller kommenden Generationen von Kaffeetrinkern. Ohne ihre Hingabe könnte der Kaffee aussterben in Thoreau, New Mexico.

Ein herrlicher Tag in Kalifornien

Am Labor Day 1965 ging ich draußen vor Monterey die Eisenbahnschienen hinunter und betrachtete die Sierra-Küstenlinie des Pazifischen Ozeans. Es bringt mich immer wieder zum Staunen, wie sehr der Ozean in dieser Gegen einem Gebirgsfluß ähnelt, mit einem Granitufer und stürmisch klarem Wasser und einem Wechsel von Grün und

Blau, und Kronleuchterschaum strahlt in den Felsen und daraus hervor wie die Strömungen in einem Fluß oben im Gebirge. Wenn man die Augen nicht vom Wasser nimmt, könnte man glauben, das wäre gar nicht der Ozean. Manchmal stelle ich mir dann diese Küste als einen kleinen Fluß vor und vergesse mit Bedacht, daß es 11 000 Meilen bis zum anderen Ufer sind.

Ich ging um eine Flußbiegung, und dahinter picknickten ungefähr ein Dutzend Froschleute auf einem kleinen Sandstrand, der von Granitfelsen umgeben war. Sie hatten alle schwarze Gummianzüge an. Sie standen im Kreis und aßen große Schnitten Wassermelonen. Zwei von ihnen waren hübsche Mädchen, und sie hatten weiche Filzhüte auf.

Die Froschleute redeten natürlich alle in Froschleutesprache. Sie waren oft wie Kinder, und ein Sommer von Kaulquappengesprächen zog im Wind vorbei. Ein paar von ihnen hatten an den Schultern und an den Ärmeln ihrer Anzüge wunderliche Markierungen, die aussahen wie ein neuartiges Kreislaufsystem.

Zwei Schäferhunde tollten um die Froschleute herum. Die Hunde trugen keine schwarzen Gummianzüge, und ich konnte auch am Strand keine Anzüge für sie sehen. Vielleicht lagen sie hinter einem Felsen.

Ein Froschmann ließ sich auf dem Rücken in der Brandung treiben und aß ein Stück Wassermelone. Er trieb und kreiste mit der Strömung.

Ein großer Teil ihrer Ausrüstung lehnte an einem großen, theaterähnlichen Felsen, bei dem auch Prometheus auf seine Kosten gekommen wäre. Neben dem Felsen lagen ein paar gelbe Sauerstoffflaschen. Sie sahen aus wie Blumen.

Die Froschleute bildeten einen Halbkreis, und dann liefen zwei von ihnen ins Meer, drehten sich um und bewarfen die anderen mit Wassermelonenstücken, und zwei von ihnen begannen einen Ringkampf im Ufersand, und die Hunde sprangen bellend um sie herum.

Die Mädchen sahen sehr hübsch aus mit ihren wie angegossen sitzenden Gummianzügen und ihren leicht übermütigen Hüten. Sie aßen Wassermelonen und glänzten wie Juwelen in der Krone Kaliforniens.

Fahles Marmorkino

Das Zimmer hatte eine hohe viktorianische Decke, und an einer Seite war ein marmorner Kamin, und im Fenster wuchs ein Avocadobaum, und sie lag neben mir und schlief auf eine sehr gut gebaute blonde Art.

Und ich schlief auch noch, und es war gerade September, und es begann gerade zu dämmern.

1964.

Dann plötzlich, ohne jede Warnung, setzte sie sich im Bett auf, weckte mich sofort und wollte schon aufstehen. Es war ihr sehr ernst damit.

«Was machst du denn?» fragte ich. Ihre Augen waren weit geöffnet.

«Ich steh auf», sagte sie.

Sie waren von einem nachtwandlerischen Blau.

«Leg dich wieder hin», sagte ich.

«Warum denn?» fragte sie. Sie war jetzt schon halb aus dem Bett, und ein blonder Fuß berührte den Boden.

«Weil du noch schläfst», sagte ich.
«Ohhh… OK», sagte sie. Das leuchtete ihr ein, und sie legte sich wieder ins Bett und zog die Decken um sich herum und kuschelte

sich eng an mich. Sie sagte kein einziges Wort mehr, und sie bewegte sich nicht mehr.

Sie lag da und schlief ganz fest; ihre Nachtreise war vorbei und die meine begann jetzt. Ich denke jetzt schon seit Jahren an diese einfache Szene. Sie läßt mich nicht los und läuft von selbst immer und immer wieder ab wie ein fahles Marmorkino.

Partner

Ich sitz gern in den billigen Kinos Amerikas, in denen die Leute in elisabethanischer Manier leben und sterben, während sie sich Filme ansehen. Unten in der Market Street gibts ein Kino, in dem ich mir für einen Dollar vier Filme anschauen kann. Es ist mir wirklich egal, wie gut oder wie schlecht sie sind. Ich bin ja kein Kritiker. Ich schau mir eben einfach gern Filme an. Ihre Gegenwart auf der Leinwand genügt mir.

Das Kino ist voll von Schwarzen, Hippies, älteren Mitbürgern, Soldaten, Seeleuten und den spontanen Gemütern, die mit den Filmen sprechen, weil die Filme für sie genauso wirklich sind, wie irgendwas sonst, was ihnen unterkommt.

«Nein! Nein! Steig wieder ins Auto, Clyde. Oh, Gott, jetzt bringen sie Bonnie um!»

Ich bin der Gastdichter in diesen Kinos, aber ich spekuliere nicht auf ein Guggenheim-Stipendium.

Einmal ging ich abends um sechs ins Kino, und um ein Uhr morgens kam ich wieder raus. Um sieben schlug ich die Beine übereinander, und sie blieben so bis zehn, und ich stand kein einziges Mal auf.

Mit anderen Worten, ich bin kein Kunstfilmfan. Ich mach mir nichts draus, in einem schicken Kino ästhetisch hochgekitzelt zu werden, umgeben von einem Publikum, das vom Parfüm seiner Kultiviertheit durchtränkt ist. Ich kann mir das nicht leisten.

Letzten Monat saß ich in einem Zwei-Filme-für-fünfhundertsiebzig-Cent-Kino in North Beach; das Kino hieß The Times, und es gab einen Zeichentrickfilm über ein Huhn und einen Hund.

Der Hund versuchte ein wenig Schlaf zu finden, und das Huhn hielt ihn dauernd davon ab, und daraus ergab sich eine Serie von

Abenteuern, die immer mit dem üblichen Trickfilmgemetzel endeten.

Neben mir saß ein Mann.

Er war WEISSWEISSWEISS: fett, etwa fünfzig Jahre alt, schon etwas kahl, und in seinem Gesicht fehlte auch die geringste Spur jeglicher menschlichen Sensibilität.

Seine ausgebufften Allerweltskleider bedeckten ihn wie die Flagge eines besiegten Landes, und er sah aus, als wären Rechnungen die einzige Post, die er je in seinem Leben bekommen hatte.

Und dann ließ der Hund ein enormes Gähnen vom Stapel, weil das Huhn ihn immer noch wach hielt, und noch bevor der Hund mit dem Gähnen fertig war, fing der Mann neben mir an zu gähnen, so daß der Hund in dem Trickfilm und der Mann, dieses lebendige menschliche Wesen, zusammen gähnten, Partner in Amerika.

Wir lernen uns kennen

Sie haßt Hotelzimmer. Es ist wie ein Shakespearesonett. Ich meine, die Kindfrau- oder Lolitasache. Es ist ein klassisches Schema:

a
b
a
b

c
d
c
d — William Shakespeare
1564–1616

e
f
e
f

g
g

Sie haßt Hotelzimmer. Es ist das Licht am Morgen, das ihr wirklich zu schaffen macht. Sie mag nicht aufwachen und von dieser Art Licht umgeben sein. Das Morgenlicht in Hotelzimmern ist immer synthetisch, auf grelle Art sauber, so als wäre das Zimmermädchen leise wie eine Zimmermädchenmaus hereingekommen und hätte das Licht gebracht, indem sie imaginäre Betten mit seltsamen Laken machte, die wahrhaftig in der Luft hängenblieben.

Sie lag im Bett und tat dann immer, als ob

sie schliefe, um das Zimmermädchen dabei zu erwischen, wie es mit dem zusammengefalteten Morgenlicht auf dem Arm hereinkam, aber sie erwischte es nie und gab es schließlich auf.

Ihr Vater liegt mit einer neuen Geliebten im Zimmer nebenan und schläft noch. Ihr Vater ist ein berühmter Filmregisseur, und er ist hier in der Stadt, weil er für einen seiner Filme Werbung macht.

Auf dieser Reise nach San Francisco macht er Werbung für einen Gruselfilm, den er gerade abgedreht hat. Der Film heißt:

Der Angriff der Rosenriesen. Es ist ein Film über einen wahnsinnigen Gärtner und die Ergebnisse seiner Arbeit im Treibhaus, wo er mit Kunstdünger experimentiert.

Sie findet die Rosenriesen langweilig. «Sie sehen aus wie ein Haufen greulicher Juxpostkarten», hat sie kürzlich zu ihrem Vater gesagt. «Leck mich doch am Arsch», war seine Antwort.

An diesem Nachmittag würde er noch mit Paine Knickerbocker vom *Chronicle* essen, und später dann würde ihn Eichelbaum vom *Examiner* interviewen, und ein paar Tage darauf würde der ewiggleiche Scheiß ihres Vaters in den Zeitungen erscheinen.

Am vergangenen Abend hat er eine Suite im Fairmont belegt, aber sie wollte in einem Motel in der Lombard Street wohnen.

«Bist du denn verrückt? Wir sind hier in San Francisco», sagte er.

Sie mag Motels viel lieber als Hotels, aber sie weiß nicht warum. Vielleicht ist es das Licht am Morgen. Das hat wahrscheinlich etwas damit zu tun. Das Licht in Motelzimmern ist natürlicher. Es ist nicht so, als hätte es das Zimmermädchen hereingebracht.

Sie stieg aus dem Bett. Sie wollte sehen, mit wem ihr Vater schlief.

Es war so eins ihrer kleinen Spielchen. Sie wollte sehen, ob sie erraten könnte, mit wem ihr Vater im Bett war, aber das war ein ziemlich dummes Spiel, und sie wußte das auch, weil die Frauen, mit denen ihr Vater ins Bett ging, immer genauso aussahen wie sie selber.

Sie fragte sich, wo ihr Vater die Frauen immer fand.

Einige seiner Freunde und andere Leute witzelten gerne darüber. Sie sagten dann oft, seine Geliebten und seine Tochter sähen aus wie Schwestern. Manchmal kam es ihr so vor, als wäre sie das Mitglied einer seltsamen und sich ständig ändernden Familie von Schwestern.

Sie war einssiebzig und hatte glattes blondes Haar, das ihr fast bis zum Hintern reichte. Sie wog 102 Pfund. Sie hatte *sehr* blaue Augen.

Sie war fünfzehn Jahre alt, aber sie hätte alles sein können. Je nach Laune konnte sie alles zwischen dreizehn und fünfunddreißig sein.

Manchmal machte sie absichtlich auf fünfunddreißig, und sie war sehr anziehend für junge Männer Anfang Zwanzig, die sie für eine reife, erfahrene Frau hielten. Sie beherrschte die Rolle einer noch strahlenden, aber schon leicht verblühenden Fünfunddreißigjährigen vollkommen, denn sie hatte ja so viele solcher Frauen in Hollywood, New York, Paris, Rom, London etc. studiert.

Sie hat schon drei Affären mit jungen Männern Anfang Zwanzig hinter sich, ohne daß einer von ihnen gemerkt hätte, daß sie erst fünfzehn war.

Es war zu einem kleinen Hobby geworden.

Sie konnte ganze Lebensgeschichten für sich erfinden, und es war, als hätte sie sie in einer Art Traumfernsehen wirklich erlebt.

Sie konnte eine vierunddreißigjährige Frau mit drei Kindern sein, die in Glendale wohnte und mit einem jüdischen Zahnarzt verheiratet war und die jetzt außerehelich ihre verlorene Jugend nachholte, oder sie konnte eine einunddreißigjährige unverheiratete Literaturredakteurin aus New York sein, die versuchte, den Klauen einer wahnsinnigen lesbischen Freundin zu entrinnen und die einen jungen Mann brauchte, der ihre Rettung aus der Perversität bewerkstelligen könnte, oder sie konnte eine dreißigjährige geschiedene Frau mit einer unheilbaren, aber attraktiven Krankheit sein, die es noch einmal mit der Liebe versuchen wollte, bevor...

Sie mochte das. Sie stieg aus dem Bett und ging völlig unbekleidet auf Zehenspitzen ins Wohnzimmer und zur Schlafzimmertür ihres Vaters und stand da und horchte, ob sie schon wach waren und ob sie es miteinander trieben.

Ihr Vater und seine Geliebte schliefen ganz fest. Sie konnte es durch die Tür hindurch spüren. Es war wie ein Brocken warmer gefrorener Raum in ihrem Schlafzimmer.

Sie öffnete die Tür einen Spalt und sah das blonde Haar der Frau, das über den Bettrand fiel wie der Ärmel eines gelben Hemds.

Sie lächelte und schloß die Tür.

Und hier verlassen wir sie.

Wir wissen ein bißchen was über sie.

Und sie weiß eine Menge über uns.

a
b
a
b

c
d
c
d — William Shakespeare
1564–1616

e
f
e
f

g
g

Eine kurze Geschichte der Religion in Kalifornien

Es gibt nur einen Weg anzufangen: Wir sahen Rehe auf der Wiese. Die Rehe gingen langsam im Kreis, und dann unterbrachen sie den Kreis und gingen auf ein paar Bäume zu. Auf der Wiese waren drei Rehe, und wir waren drei Leute. Ich, ein Freund und meine

3 ½-jährige Tochter. «Siehst du die Rehe», sagte ich und zeigte in Richtung Rehe.

«Schau, die Rehe! Da! Da!» sagte sie. Sie saß bei mir auf dem Vordersitz und prallte plötzlich gegen meine Brust. Sie hatte einen kleinen elektrischen Schlag von den Rehen bekommen. Drei kleine graue Muttertiere verschwanden zwischen den Bäumen und feierten die Stromerzeugung durch Huftiere.

Auf der Rückfahrt zu unserem Lager in Yosemite sprach sie von den Rehen. «Die Rehe sind toll», sagte sie. «Ich möchte ein Reh sein.» Als wir zu unserem Lagerplatz einbogen, standen drei Rehe am Eingang und schauten uns an. Es waren dieselben Rehe, oder es waren drei andere.

«Schau, die Rehe!» und wieder derselbe elektrische Aufprall auf meiner Brust, vielleicht genug Strom, um ein paar Christbaumkerzen zum Leuchten zu bringen oder einen Ventilator eine Minute lang anzutreiben oder eine halbe Scheibe Brot zu toasten.

Die Rehe gingen dicht hinter dem Auto her, als wir im Rehtempo ins Lager fuhren. Als wir ausstiegen, standen die Rehe schon da. Meine Tochter war gleich hinter ihnen her. Toll! Die Rehe! Ich bremste sie.

«Warte», sagte ich. «Gib Daddy die Hand.» Ich wollte nicht, daß sie sie erschreckte oder daß die Rehe sie verletzten, falls sie in Panik geraten und sie umrennen sollten, etwas, das fast unmöglich war.

Wir hielten ein wenig Abstand und gingen hinter den Rehen her, blieben dann stehen und schauten zu, wie sie den Fluß überquerten. Der Fluß war seicht, und die Rehe blieben in der Mitte stehen und schauten in drei verschiedene Richtungen.

Sie starrte sie eine Weile lang schweigend an. Sie sahen so still und schön aus, und dann sagte sie: «Daddy, mach doch den Kopf von einem Reh ab und setz ihn mir auf. Mach die Füße von einem Reh ab und mach sie an meine Füße dran. Und dann bin ich ein Reh.»

Die Rehe schauten jetzt nicht mehr in drei verschiedene Richtungen. Sie schauten alle in eine Richtung zu den Bäumen auf der anderen Flußseite und zogen dann hinüber und verschwanden zwischen den Bäumen.

Am nächsten Morgen schlug dann eine Gruppe von Christen ihr Lager neben uns auf, weil es Sonntag war. Es waren ungefähr zwanzig oder dreißig, und sie saßen an einem langen Holztisch. Sie sangen Kirchenlieder, während wir unser Zelt abbauten.

Meine Tochter beobachtete sie ganz genau, ging dann näher hin und spähte hinter einem Baum zu den Sängern hinüber. Ein Mann leitete das Ganze. Er fuhr mit den Händen in der Luft herum. Wahrscheinlich ihr Pfarrer.

Meine Tochter beobachtete sie ganz genau, kam hinter dem Baum vor, ging dann langsam weiter, bis sie hinter dem Pfarrer stand, und schaute an ihm hoch. Er stand alleine da draußen, und sie auch, zusammen mit ihm.

Ich zog die Metallheringe aus dem Boden und legte sie zu einem sauberen Bündel zusammen, und ich faltete das Zelt zusammen und legte es neben die Heringe.

Dann erhob sich eine der Christinnen von dem langen Tisch und ging zu meiner Tochter. Ich schaute mir das an. Sie gab ihr ein Stück Kuchen und fragte sie, ob sie sich hinsetzen und beim Singen zuhören wollte. Sie sangen gerade mit Eifer etwas über Jesus, der etwas Gutes für sie tat.

Meine Tochter nickte und setzte sich auf den Boden. Sie hielt das Kuchenstück in ihrem Schoß. Sie saß fünf Minuten lang da. Sie biß nicht ein einziges Mal etwas von dem Kuchen ab.

Sie sangen jetzt ein Lied, in dem Maria und Josef etwas machten. In dem Lied war es Winter und kalt, und in der Scheune war Stroh. Es roch gut.

Sie hörte etwa fünf Minuten lang zu, und dann stand sie auf, winkte zum Abschied mitten in «Wir sind drei Könige aus dem Morgenland» und kam mit dem Kuchenstück zurück.

«Na, wie war's?» fragte ich.

«Sie singen», sagte sie und zeigte hinüber, wo sie sangen.

«Wie schmeckt der Kuchen?» fragte ich.

«Weiß ich nicht», sagte sie und warf ihn auf den Boden. «Ich hab schon gefrühstückt.» Und da lag er jetzt.

Ich dachte an die drei Rehe und an die singenden Christen. Ich schaute das Kuchenstück an und dann zum Fluß hinüber, wo seit einem Tag keine Rehe mehr waren.

Der Kuchen sah auf dem Boden sehr klein aus. Das Wasser strömte über die Felsen. Später würde ein Vogel oder sonst ein Tier den Kuchen essen und dann zum Fluß hinuntergehen und Wasser trinken.

Dann kam mir etwas in den Sinn, etwas Kleines, und ich konnte nicht anders: es gefiel mir, und ich legte meine Arme um einen

Baum, und meine Wange glitt an die duftende Rinde und schwebte da für ein paar ruhige Augenblicke in der Stille.

April in Gottverdammich

Es ist Anfang April im gottverdammten Gottverdammich, und es fängt mit einem Zettel an der Haustür an, den eine junge Dame hinterlassen hat. Ich lese den Zettel und frag mich, was zum Teufel eigentlich los ist.

Ich bin zu alt für solches Zeug. Ich kann nicht überall auf dem laufenden bleiben, also nehm ich meine Tochter und tu mein Bestes an dieser Front: gehe mit ihr zum Spielen in den Park.

Ich will wirklich nicht aus dem Bett, aber ich muß auf die Toilette. Als ich von der Toilette zurückkomme, sehe ich etwas, einen Zettel oder so, das am Fenster in der Haustür befestigt ist. Es wirft einen Schatten aufs Glas.

Mir ist das schnurzegal. Soll sich doch jemand anders mit diesen komplizierten Sachen Anfang April abgeben. Mir reicht es, daß ich auf die Toilette gegangen bin. Ich geh wieder ins Bett.

Ich träume, daß jemand, den ich nicht mag, seinen Hund spazierenführt. Der Traum dauert Stunden. Der Jemand singt seinem Hund was vor, aber ich kann nicht rausbekommen, was es für ein Lied ist, und ich muß furchtbar genau hinhören, und auch dann schaff ichs nicht.

Ich wache total gelangweilt auf. Was fang ich denn jetzt mit dem Rest meines Lebens an? Ich bin neunundzwanzig. Ich hole den Zettel von der Tür und geh wieder ins Bett.

Ich zieh mir das Laken über den Kopf und lese ihn. Das Licht ist nicht besonders gut, aber es ist besser als alles, was mir heute schon untergekommen ist. Er ist von einem Mädchen. Sie ist heute morgen ganz leise an meine Tür gekommen und hat ihn dagelassen.

Der Zettel ist eine Entschuldigung für eine Bettszene, die sie neulich nachts mal gemacht hat. Er ist als Rätsel abgefaßt. Ich komm nicht dahinter. Ich hab mir sowieso noch nie was aus Rätseln gemacht. Scheißweiber.

Ich nehme meine Tochter und geh mit ihr zum Spielplatz am Portsmouth Square. Ich hab ihr die ganze letzte Stunde zugeschaut. Von Zeit zu Zeit hab ich eine Pause gemacht und das hier aufgeschrieben.

Ich frage mich, ob meine Tochter irgendwann mal Anfang April im gottverdammten Gottverdammich einen Zettel an der Tür eines Mannes hinterlassen wird, der ihn im Bett mit über den Kopf gezogenem Laken lesen wird und dann mit seiner Tochter zum Spielen in den Park geht und hochschaut, wie ich es gerade getan habe, und sie mit einem blauen Eimer im Sand spielen sieht.

Ein Nachmittag 1939

Das hier ist eine endlos wiederholte Geschichte, die ich meiner vierjährigen Tochter immer wieder erzähle. Die Geschichte gibt ihr was, und sie will sie immer und immer wieder hören.

Wenn es Zeit zum Zubettgehen ist, sagt sie «Daddy, erzähl mir, wie du noch ein Kind warst und in den Felsen reingeklettert bist.»

«OK.»

Sie bauscht ihre Decken kuschelig um sich herum, als wären sie lenkbare Wolken, steckt den Daumen in den Mund und schaut mich mit aufmerksamen blauen Augen an.

«Einmal, als ich noch ein kleines Kind war, genau in deinem Alter, haben mich meine Mutter und mein Vater zum Picknick auf den Mount Rainier mitgenommen. Wir sind in einem alten Auto hinaufgefahren, und mitten auf der Straße stand ein Reh.

Wir kamen zu einer Wiese, auf der Schnee lag; der Schnee lag da, wo die Schatten der Bäume hinfielen und an den Stellen, wo die Sonne nicht hinschien.

Auf der Wiese wuchsen wilde Blumen, die sehr schön aussahen. Mitten auf der Wiese stand ein riesiger, runder Felsen, und Daddy ging zu dem Felsen hin und fand ein Loch in der Mitte, durch das er hineinschaute. Der Felsen war hohl wie ein kleines Zimmer.

Daddy kroch in den Felsen hinein, setzte sich hin und schaute hinaus in den blauen Himmel und zu den wilden Blumen. Der Felsen gefiel Daddy sehr, und er tat so, als wäre er ein Haus, und er spielte den ganzen Nachmittag in dem Felsen drin.

Er holte sich ein paar kleinere Felsbrocken und schaffte sie in den großen Felsen hinein. Er spielte, daß die Felsbrocken ein Ofen und Möbel und andere Sachen wären, und die wilden Blumen waren Lebensmittel, aus denen er was zu essen kochte. ›

Damit endete die Geschichte.

Sie schaut mich dann mit ihren weiten blauen Augen an und sieht mich als Kind in einem Felsen spielen, sieht mich so tun, als wären wilde Blumen Frikadellen, die ich auf einem ofenähnlichen Felsbrocken koche.

Sie kann einfach nicht genug von der Geschichte kriegen. Sie hat sie schon dreißig- oder vierzigmal gehört, und sie will sie immer wieder hören.

Sie ist sehr wichtig für sie.

Ich glaube, sie benutzt diese Geschichte als eine Art Christoph-Kolumbus-Tür, durch die sie durchgeht und ihren Vater entdeckt, als er noch ein Kind war und ihr Altersgenosse.

Obergefreiter

Es gab einmal eine Zeit, da träumte ich davon, General zu werden. Das war in Tacoma in den ersten Jahren des Zweiten Weltkriegs, als ich noch ein Kind war und auf die Volksschule ging. Sie hatten eine gewaltige Papieraktion laufen, die so glänzend ausgeklügelt war wie eine militärische Karriere.

Es war sehr aufregend, und es ging ungefähr so vor sich: wenn man fünfzig Pfund Papier brachte, wurde man Gefreiter, und fünfundsiebzig Pfund Papier brachten einem die Streifen für den Obergefreiten ein, und ein Feldwebel war hundert Pfund wert, und man schraubte sich das Ganze pfund- und stapelweise hoch, bis man schließlich oben ankam und General war.

Ich glaube, man brauchte eine Tonne Papier, um General zu werden, oder vielleicht waren es auch tausend Pfund. Ich kann mich nicht mehr an die genaue Menge erinnern, aber am Anfang schien es so leicht, genug Papier zu sammeln und General zu werden.

Ich fing damit an, daß ich all das Papier, das offen und unschuldig im Haus herumlag, sammelte. Das brachte drei oder vier Pfund. Ich muß zugeben, daß ich ein bißchen enttäuscht war. Ich weiß auch nicht, wie ich auf die Idee gekommen bin, daß das Haus mit Papier geradezu überfüllt sein müßte. Ich glaubte wirklich, daß überall Papier herumläge. Es ist eine interessante Überraschung, daß einen Papier täuschen kann. Ich ließ mich davon allerdings nicht umwerfen. Ich sammelte meine Energie und zog los und ging von Tür zu Tür und fragte die Leute, ob sie irgendwelche Zeitungen und Zeitschriften herumliegen hätten, die sie für die Papieraktion stiften könnten, damit wir den Krieg gewinnen und das Böse für immer zerstören könnten.

Eine alte Frau hörte sich meinen Sermon geduldig an und gab mir dann ein Heft der Zeitschrift *Life*, das sie gerade ausgelesen hatte. Sie schloß die Tür, während ich noch dastand und sprachlos auf die Zeitschrift in meinen Händen starrte. Die Zeitschrift war noch warm.

Im nächsten Haus gab es kein Stückchen Papier, nicht einmal einen alten Briefumschlag, weil mir ein anderes Kind schon zuvorgekommen war.

Im nächsten Haus war niemand daheim.

So ging das eine Woche lang, Tür für Tür, Haus für Haus, Block für Block, bis ich schließlich genug Papier zusammen hatte, um Gefreiter zu werden.

Ich trug meinen gottverdammten kleinen Gefreitenstreifen im allertiefsten Zipfel meiner Hosentasche nach Hause. Es gab schon einige Papieroffiziere zu unserem Block, Leutnants und Hauptleute. Ich fand es nicht der Mühe wert, mir den Streifen an meine Jacke nähen zu lassen. Ich schmiß ihn einfach in eine Schublade und tarnte ihn mit ein paar Socken.

Die nächsten paar Tage suchte ich mit grimmiger Verachtung nach Papier und gabelte in einer Kellerwohnung einen mittelgroßen Stapel *Collier's*-Hefte auf; das reichte für die Obergefreitenstreifen, die umgehend zu meinem Gefreitenstreifen unter den Socken wanderten.

Die Kinder, die am besten angezogen waren und die viel Taschengeld bekamen und jeden Tag etwas Warmes zu essen hatten, waren schon Generäle. Sie wußten, wo es viele Zeitschriften gab, und ihre Eltern hatten Autos. Auf dem Schulhof und auf dem Heimweg von der Schule taten sie sehr militärisch und protzten herum.

Kurz danach, am nächsten Tag oder so, beendete ich meine ruhmreiche militärische Karriere und trat ein in die Reihen der enttäuschten Papierschatten Amerikas, wo das Scheitern ein geplatzter Scheck ist oder ein schlechtes Schulzeugnis oder ein Brief, der eine Liebe beendet und alle die Wörter, die den Leuten weh tun, wenn sie sie lesen.

Fussel

Es ist Abend, und ich werde irgendwie von Gefühlen bedrängt, für die es kein Vokabular gibt und von Ereignissen, die man eher in Dimensionen von Fusseln als in Wörtern ausdrücken sollte.

Ich habe winzige Fetzchen meiner Kindheit untersucht. Es sind Bruchstücke aus einem fernen Leben, die keine Form oder Bedeutung haben. Es sind Dinge, die einfach zufällig vorgekommen sind, wie Fussel.

Eine vollständige Geschichte Deutschlands und Japans

Vor ein paar Jahren (Zweiter Weltkrieg) wohnte ich in einem Motel neben einem Zweigbetrieb von Swifts Konservenfabrik, was eine sehr freundliche Umschreibung für Schlachthof ist.

Sie schlachteten da Schweine, Stunde um Stunde, Tag um Tag, Woche um Woche, Monat um Monat, bis der Frühling Sommer wurde und der Sommer Herbst, indem sie ihnen den Hals durchschnitten, ein Vorgang, auf den regelmäßig eine Art Klagegesang folgte, schrill wie eine Oper, die man durch einen Müllschlucker laufen läßt.

Irgendwie glaubte ich, daß das Schlachten all dieser Schweine etwas mit dem Gewinnen des Kriegs zu tun hatte. Wahrscheinlich, weil auch sonst alles damit zusammenhing.

In den ersten ein oder zwei Wochen, die wir in dem Motel wohnten, machte es mir wirklich zu schaffen. Das dauernde Gekreische war kaum auszuhalten, aber dann gewöhnte ich mich daran, und es war ein Geräusch wie jedes andere auch: ein Vogel, der in einem Baum singt, das Pfeifensignal zur Mittagszeit oder das Radio oder vorbeifahrende Lastautos oder menschliche Stimmen oder die Sätze, mit denen man zum Essen gerufen wurde.

«Du kannst ja nach dem Essen wieder spielen!»

Immer wenn die Schweine einmal nicht kreischten, war die Stille wie eine Maschine, die kaputtgegangen ist.

Die Versteigerung

Es war eine Versteigerung im regnerischen Pacific Northwest, überall liefen Kinder herum und hantierten mit den Sachen, und Frauen vom Land waren daran interessiert, Schachteln mit gebrauchten Einmachgläsern, gebrauchte Kleider und vielleicht ein paar Möbel fürs Haus zu ersteigern, während die Männer sich für Sättel, Landwirtschaftsgeräte und Vieh interessierten.

Die Versteigerung fand Samstag nachmittag in erregter Gebrauchtwarenatmosphäre und in einem alten Gebäude, einer Kombination aus Lagerhaus und Scheune, statt. Es roch wie die versammelte Geschichte Amerikas.

Der Auktionator verkaufte so schnell, daß es möglich war, Sachen zu kaufen, die erst im nächsten Jahr wieder angeboten würden. Er hatte ein künstliches Gebiß, das so klang wie Grillen, die in der Mundhöhle eines Skeletts auf und ab hüpfen.

Immer wenn eine Schachtel mit altem Spielzeug zur Versteigerung kam, setzten die Kinder ihren Leuten so lange zu, bis man ihnen schließlich mit dem Riemen drohte, wenn sie nicht die Klappe hielten. «Hör jetzt auf damit, oder du kannst ne Woche lang nicht sitzen.»

Man sah immer Kühe und Schafe, Pferde und Kaninchen, die auf einen neuen Besitzer warteten, oder einen Bauern, der, während er sich die Nase putzte, düster meditierend ein paar Hühner betrachtete.

An regnerischen Winternachmittagen war es ganz toll, weil das Gebäude ein Blechdach hatte, und alles auf der Auktion war sich auf eine wunderbare feuchte Art sehr nahe.

In einer altertümlichen Kiste aus stumpfem Glas und altem gelbem Holz, das wie ein Pionierschnurrbart wirkte, befanden sich Schachteln mit steinharten Schokoladenriegeln. Sie kosteten fünfzig Cent pro Schachtel und waren wirklich steinhart, aber aus irgendeinem Kindergrund wollte ich an ihnen herumnagen und suchte jemanden, der sich mit mir an einer Schachtel beteiligen wollte, und so kam ich schließlich 1947 in den Besitz von zwölf steinharten Schokoladenriegeln.

Der Geldtransporter

für Janice

Ich wohnte in einem Zimmer, in dem ein Bett und ein Telefon standen. Das war alles. Ich lag im Bett, und das Telefon klingelte. Die Jalousien waren runtergelassen, und draußen regnete es stark. Es war noch dunkel.

«Hallo», sagte ich.

«Wer hat den Revolver erfunden?» fragte ein Mann.

Bevor ich noch auflegen konnte, entwischte mir meine Stimme wie ein Anarchist und sagte: «Samuel Colt.»

«Sie haben soeben ein Klafter Holz gewonnen», sagte der Mann.

«Wer sind Sie denn?» fragte ich.

«Das ist ein Wettbewerb», sagte er. «Sie haben soeben ein Klafter Holz gewonnen.»

«Ich hab keinen Ofen», sagte ich. «Ich wohne hier zur Untermiete. Hier gibts keine Heizung.»

«Gibt es irgend etwas außer einem Klafter Holz, was Sie dann vielleicht haben möchten?» sagte er.

«Ja, einen Füller.»

«Gut, wir schicken Ihnen einen. Wie ist denn Ihre Adresse?»

Ich gab ihm meine Adresse und fragte ihn dann, wer den Wettbewerb veranstaltete.

«Das spielt doch keine Rolle», sagte er. «Der Füller ist morgen früh in Ihrer Post. Oh, ja, wünschen Sie irgendeine bestimmte Farbe? Das hätte ich fast vergessen.»

«Blau wär prima.»

«Blau ist uns vollständig ausgegangen. Irgendeine andere Farbe? Wir haben noch eine Menge grüne Füller.»

«Gut, dann eben grün.»

«Er ist morgen früh in der Post», sagte er.

Er war nicht in der Post. Er kam überhaupt nie.

Das einzige, was ich je in meinem Leben gewonnen und wirklich bekommen habe, war ein Geldtransporter. Als Kind fuhr ich Zeitungen aus, und meine Route zog sich meilenweit durch das unwegsame Gelände am Stadtrand hin.

Ich mußte mit meinem Fahrrad einen Hügel hinunterfahren, links und rechts war Weideland, und am Ende der Straße war ein alter Pflaumengarten. Ein Teil der Bäume war abgeholzt worden, und man hatte vier neue Häuser hingebaut.

Vor einem der Häuser stand immer ein gepanzerter Geldtransporter. Die Stadt war klein, und jeden Tag nach der Arbeit brachte der Fahrer den Geldtransporter mit nach Hause. Er parkte ihn draußen vor seinem Haus.

Ich fuhr noch vor sechs Uhr morgens daran vorbei, und alle in den Häusern schliefen noch. Wenn es morgens schon etwas hell war, konnte ich den Geldtransporter schon aus ungefähr einer Viertelmeile Entfernung sehen.

Er gefiel mir, und ich stieg immer vom Fahrrad und ging hin und schaute ihn mir an, klopfte gegen das schwere Metall, schaute durch die kugelsicheren Fenster, trat gegen die Reifen.

Weil morgens noch alle schliefen und ich allein da draußen war, betrachtete ich den Geldtransporter nach einiger Zeit als mein Eigentum und behandelte ihn auch so.

Eines Morgens stieg ich ein und fuhr den Rest meiner Zeitungen mit dem Geldtransporter aus.

Es muß schon ein etwas komischer Anblick gewesen sein, wie da ein Kind mit einem Geldtransporter Zeitungen ausfuhr.

Ich hatte ziemlichen Spaß daran und machte es bald regelmäßig.

«Da kommt wieder der Junge mit dem

Geldtransporter und fährt Zeitungen aus», sagten die Frühaufsteher. «Das ist vielleicht 'n Irrer.»

Das war das einzige, was ich jemals gewonnen habe.

Das literarische Leben in Kalifornien / 1964

1

Gestern abend saß ich in einem Lokal an der Bar und unterhielt mich mit einem Freund, der von Zeit zu Zeit zu seiner Frau hinunterschaute, die etwas weiter weg saß. Sie waren schon seit zwei Jahren auseinander: keine Hoffnung.

Sie schäkerte mächtig mit einem Mann herum, und es sah so aus, als hätten sie eine Menge Spaß dabei.

Mein Freund wandte sich dann wieder mir zu und erkundigte sich nach zwei von meinen Gedichtbänden. Ich bin ja kein Lyriker der ersten Garnitur, aber trotzdem stellen mir die Leute manchmal solche Fragen.

Er sagte, er hätte die Bücher mal besessen, aber jetzt hätte er sie nicht mehr. Sie wären weg. Ich sagte ihm, daß eins davon vergriffen wäre und daß er das andere in der City Lights-Buchhandlung bekommen könnte.

Er warf einen langen Blick zu seiner Frau hinunter. Sie lachte gerade über etwas, was der Mann gesagt hatte, der daraufhin sehr mit sich zufrieden war, und wie das eben so geht. «Ich muß dir ein Geständnis machen», sagte mein Freund. «Weiß du noch, wie ich mal nachts von der Arbeit nach Hause gekommen bin und dich und meine Frau mit einem Wermutrausch in der Küche gefunden hab?»

Ich erinnerte mich noch an den Abend, obwohl nichts passiert war. Wir saßen einfach da in der Küche, hörten uns Platten an und hatten einen Wermutrausch. Es gab wahrscheinlich Tausende wie uns überall in Amerika.

«Na ja, und als du dann weg warst, hab ich die beiden Gedichtbände aus dem Bücherregal geholt und hab sie zerrissen und die Fetzen auf den Boden geworfen. Die Bücher waren völlig hin. Niemand, auch Gott nicht, hätte hier noch zusammenfügen können, was der Mensch zerrissen hatte.»

«Das sind erst zwei», sagte ich.

«Was?» fragte er.

Er war ein wenig betrunken. Vor ihm auf der Bar standen drei leere Bierflaschen. Die Etiketten waren sorgfältig weggekratzt.

«Ich schreib die Bücher bloß», sagte ich. «Ich bin nicht der Hüter ihrer Seiten. Ich kann mich doch nicht ewig um sie kümmern. Das wär ja glatter Unsinn.»

Ich war auch schon ein wenig betrunken.

«Ist ja auch egal», sagte mein Freund. «Ich hätte die beiden Bücher gern wieder. Wo kann ich sie denn kriegen?»

«Das eine ist schon seit fünf Jahren vergriffen, und das andere bekommst du bei City Lights», sagte ich, während ich in meinem Kopf flink zusammensetzte und filmte, was damals noch passiert war, nachdem ich aus der Küche war und nach Hause ging, vom Wermut warm und leuchtend wie eine Laterne. Was er noch zu ihr gesagt hat, bevor er die Gedichtbände holte und zerfetzte. Was sie sagte, was er sagte, welches Buch zuerst drankam, auf welche Art er es zerrissen hat. Ich sah das alles vor mir: wirklich, eine wunderbar heilsame Freveltat, und was dann noch alles drankam.

2

Vor einem Jahr sah ich bei City Lights, wie sich jemand eins meiner Gedichtbücher anschaute. Das Buch gefiel ihm, aber in seinem Gefallen lag ein gewisses Zögern.

Er schaute sich den Umschlag wieder an, dann blätterte er die Seiten wieder durch. Er hielt die Seiten an, als wären sie Uhrzeiger, und er freute sich jedesmal darüber, wie spät es grade war. Er las ein Gedicht um sieben Uhr. Dann kam dieses Zögern wieder und warf seine Schatten auf die Zeit.

Er stellte das Buch ins Regal zurück, dann zog er es wieder heraus. Das Zögern war jetzt zu einer Art nervöser Energie geworden.

Schließlich langte er in seine Tasche und nahm ein Centstück heraus. Dann klemmte er das Buch in seine Armbeuge. Das Buch war jetzt ein Nest, und die Gedichte waren Eier. Er warf das Centstück in die Luft, fing es auf und klatschte es auf seinen Handrükken. Dann zog er die obere Hand weg.

Er stellte den Gedichtband ins Regal zurück und verließ die Buchhandlung. Er wirkte sehr entspannt, als er hinausging. Ich ging rüber, wo er gestanden hatte, und da lag sein Zögern auf dem Fußboden.

Es war wie Lehm, aber nervös und zuckig. Ich steckte es in die Tasche. Ich nahm es mit nach Hause und formte das hier draus, weil ich nichts Besseres mit meiner Zeit anzufangen wußte.

Banner meiner Wahl

Betrunken gebumst und betrunken nicht gebumst und wieder betrunken gebumst, es kommt nicht darauf an. Ich kehre zu dieser Geschichte zurück als einer, der fort war, dem aber schon immer bestimmt war zurückzukehren, und vielleicht ist das auch am besten. Ich fand keine Statuen, keine Blumenbukette, keine Liebste, die sagt: «Jetzt lassen wir neue Banner von der Burg wehen, und es werden Banner unserer Wahl sein», die meine Hand hält, meine Hand in ihre nimmt.

Nichts von alledem für mich.

Meine Schreibmaschine ist ziemlich schnell, als wäre sie ein Pferd, das gerade dem Äther entkommen ist und durch die Stille rast, und die Wörter galoppieren in geschlossener Ordnung, während draußen die Sonne scheint.

Vielleicht erinnern sich die Wörter an mich.

Es ist der vierte Tag im März 1964. Die Vögel, die ganze Vogelschar, singen in der Voliere auf der hinteren Veranda, und ich versuche, mit ihnen zu singen: Betrunken gebumst und betrunken nicht gebumst und wieder betrunken gebumst, ich bin wieder in der Stadt.

Ruhm in Kalifornien / 1964

1

Es ist wirklich schon was, wenn einem der Ruhm seinen federleichten Hebebalken unter den Felsen steckt und einen herausläßt, hochläßt ans Licht, zusammen mit sieben Ameisenlarven und einer Kellerassel.

Ich will Ihnen sagen, was dann passiert. Vor ein paar Monaten kam einer meiner Freunde an und sagte: «Du bist eine Figur in dem Roman, mit dem ich gerade fertig geworden bin.»

Ich kam richtig in Schwung, als ich das hörte. Ich sah mich sofort als der romantische Held oder als der Bösewicht: «Er legte seine Hand auf ihre Brust, und ihre Brille beschlug sich in seinem heißen Atem», oder «Er lachte, als sie aufschrie und gab ihr einen Tritt, daß sie wie ein Sack voll dreckiger Wäsche die Treppe hinunterstürzte.»

«Was mach ich denn in deinem Roman?» fragte ich, in Erwartung großer Worte.

«Du machst eine Tür auf», sagte er.

«Was mach ich denn sonst noch?»

«Das ist alles.»

«Oh», sagte ich. Mein Ruhm schwand dahin. «Hätte ich nicht etwas anderes machen können? Vielleicht zwei Türen aufmachen? Oder jemanden küssen?›

«Die eine Tür war genug», sagte er. «Du warst einfach perfekt.»

«Hab ich etwas gesagt, als ich die Tür aufmachte?» Ich hatte immer noch ein wenig Hoffnung.

«Nein.»

2

Letzte Woche traf ich einen befreundeten Fotografen. Wir machten eine Tour durch die Bars. Er machte ein paar Fotos. Er ist ein sehr umsichtiger junger Fotograf und versteckt seine Kamera wie eine Pistole unter seiner Jacke.

Er will nicht, daß die Leute merken, was er tut. Will sie lebensgetreu erwischen. Will nicht, daß sie nervös werden und sich wie Filmstars aufführen.

Dann zückt er seine Kamera wie der Bankräuber, der entwischt ist: dieser einfache Junge aus Indiana, der jetzt in der Schweiz lebt, sich im Hochadel und der großen Geschäftswelt bewegt und einen ausländischen Akzent kultiviert.

Gestern hab ich den jungen Fotografen wieder getroffen, und er hatte ein paar große Abzüge von den Fotos dabei, die er letzte Woche gemacht hat.

«Ich hab dich fotografiert», sagte er. «Warte, ich zeigs dir.»

Er zeigte mir etwa ein Dutzend Bilder und dann, als er zum nächsten kam, sagte er: «Da!» Es war das Foto einer alten Frau, die einen ziemlich deplazierten Martini trank.

«Da haben wir dich», sagte er.

«Wo?» fragte ich. «Ich bin doch keine alte Frau.»

«Natürlich nicht», sagte er. «Da auf dem Tisch ist deine Hand.»

Ich musterte das Foto an allen Ecken und

Enden, und da war tatsächlich meine Hand, aber jetzt frage ich mich allmählich, wie es den sieben Ameisenlarven und der Kellerassel ergangen ist.

Hoffentlich haben sie es ein bißchen besser erwischt als ich, nachdem uns dieser federleichte Hebebalken zum Licht emporgehoben hat. Vielleicht haben sie eine eigene Fernsehshow und kommen gerade mit einer LP heraus, und ihre Romane erscheinen bei Viking, und *Time* befragt sie zur Person: «Sagen Sie uns einfach, wie sie angefangen haben. In ihren eigenen Worten.»

Erinnerung an ein Mädchen

Immer wenn ich das Gebäude der Fireman's Fund Insurance Company sehe, muß ich an ihre Brüste denken. Das Gebäude liegt an der Ecke Presidio-, California Street in San Francisco. Es ist ein schwermütiges Gebäude aus Backstein und Glas, und es sieht aus wie ein kleineres Philosophiesystem, das genau auf das Gelände geplumpst ist, auf dem einmal einer der berühmtesten Friedhöfe Kaliforniens lag:

LAUREL HILL CEMETERY
1854–1946

Elf Senatoren der Vereinigten Staaten wurden hier beerdigt.

Sie und alle andern wurden schon vor Jahren umgebettet, aber neben der Versicherung stehen immer noch ein paar hohe Zypressen.

Früher warfen die Bäume ihre Schatten auf die Gräber. Sie hatten tagsüber Teil an den Tränen und der Trauer und nachtsüber an der Stille, die nur vom Wind unterbrochen wurde.

Ich überlege mir, ob sie sich manchmal Fragen stellen wie: Wo sind denn alle die Toten hin? Wo hat man sie denn hingebracht? Und wo sind die, die sie immer besuchen gekommen sind? Warum hat man uns zurückgelassen?

Vielleicht sind diese Fragen auch zu poetisch. Vielleicht wäre es am besten, einfach zu sagen: neben einer Versicherungsgesellschaft in Kalifornien stehen vier Bäume.

Ich bin geboren, um für alle Zeit dies zu berichten: Ich kenne diese Leute nicht, und die Blumen sind nicht von mir.

Kalifornien im September

22. September bedeutet, daß sie in einem schwarzen Badeanzug am Strand liegt und sehr gewissenhaft ihre eigene Temperatur mißt. Sie ist schön: lang und weiß und offensichtlich eine Sekretärin aus der Montgomery Street, die drei Jahre aufs San Jose State College gegangen ist, und das ist nicht das erste Mal, daß sie in einem schwarzen Badeanzug am Strand ihre eigene Temperatur mißt.

Sie scheint sich gut zu unterhalten, und ich kann meine Augen nicht von ihr abwenden. Hinter dem Thermometer fährt ein Schiff aus der Bucht von San Francisco hinaus, unterwegs zu Städten auf der anderen Seite der Erde, zu all diesen Orten.

Ihr Haar hat dieselbe Farbe wie das Schiff. Ich kann den Kapitän fast erkennen. Er sagt etwas zu einem seiner Leute.

Jetzt nimmt sie das Thermometer aus dem Mund, schaut es an, lächelt, es ist alles in Ordnung, und steckt es weg in ein kleines lila Etui.

Der Matrose versteht nicht, was der Kapitän gesagt hat, und deshalb muß es der Kapitän noch mal wiederholen.

Kalifornische Blumenstudie

Oh, plötzlich ist unterwegs nichts mehr zu sehen und nichts, wenn ich hinkomme, und ich sitze in einem Kaffeehaus und höre einer Frau zu, die mehr Kleider trägt, als ich je im Leben Geld gehabt habe.

Sie glänzt ganz in Gelb und mit Schmucksachen und einer Sprache, die ich nicht verstehe. Sie redet über etwas, das ohne Wichtigkeit ist, besteht darauf. Ich sehe das alles daran, daß der Mann, der bei ihr ist, ihr nichts davon abnimmt und geistesabwesend ins Universum starrt.

Der Mann hat kein einziges Wort gesagt, seit sie sich hier mit zwei Tassen Espresso hingesetzt haben, die sie begleiten wie zwei kleine schwarze Hunde. Vielleicht hat er das Reden schon völlig aufgegeben. Er ist wahrscheinlich ihr Mann.

Plötzlich redet sie auf englisch weiter. Sie sagt «Er sollte es wissen. Es sind doch seine Blumen» in der einzigen Sprache, die ich verstehe, und es kommt keine Antwort, kein Echo den ganzen Weg zurück zum Ursprung, wo nichts auch nur irgendwie hätte anders sein können.

Halloween in Denver*

Sie glaubte nicht, daß irgendwelche Trick-or-treaters zu ihr kämen, deshalb hatte sie auch nichts für sie gekauft. Das ist ja eigentlich klar, oder? Aber sehen wir mal, was daraus entstehen kann. Es könnte interessant werden.

Fangen wir damit an, wie ich auf ihre Situationsanalyse mit folgenden Worten reagiert habe: «Besorg doch was für die Kinder, verdammtnochmal. Schließlich wohnst du hier auf dem Telegraph Hill, und es gibt ne Menge Kinder in der Gegend, und ein paar kommen bestimmt hier vorbei.»

Ich sagte das auf eine Art, daß sie zum Laden runterging und ein paar Minuten später mit einem Karton Kaugummi wiederkam. Der Kaugummi war in kleinen Schachteln, die Chiclets heißen, und in dem Karton war eine Menge von diesen Schachteln.

«Zufrieden?» sagte sie.

Sie ist Widder.

«Ja», sagte ich.

Ich bin Wassermann. Wir hatten auch zwei Kürbisse: beide Skorpione.

* s. Fußnote Seite 54

Und ich saß am Küchentisch und schnitzte an einem Kürbis herum. Es war seit vielen Jahren wieder der erste Kürbis, den ich schnitzte. Es machte ganz schön Spaß. Mein Kürbis hatte ein rundes und ein dreieckiges Auge und ein nicht besonders intelligentes hexenhaftes Lächeln.

Sie kochte ein wunderbares Essen aus frischem Rotkohl und Würstchen und briet ein paar Äpfel im Bratrohr.

Während das Essen schön vor sich hinkochte, schnitzte sie ihren Kürbis. Er sah ziemlich modernistisch aus, als sie ihn fertig hatte. Er sah eher aus wie ein Haushaltsgerät als wie ein Laternenkürbis.

In der ganzen Zeit, in der wir Kürbisse schnitzten, klingelte es nicht ein einziges Mal an der Tür. Sie blieb völlig kinderleer, kein Trick-or-treater tauchte auf, aber ich geriet deswegen nicht in Panik, obwohl wir unheimlich viel Chiclets hatten, die unruhig in einer Schüssel warteten.

Um halb acht aßen wir, und es schmeckte sehr gut. Dann waren wir mit dem Essen fertig, und noch immer waren keine Trick-or-treaters gekommen, und es war schon nach acht, und es sah allmählich nicht mehr so rosig aus. Ich wurde langsam nervös.

Ich bekam mit der Zeit das Gefühl, daß es jeder Tag außer Halloween sein könnte.

Sie schaute natürlich glückselig und mit einem Hauch buddhistischer Einfalt auf die Szene herab und unterließ es wohlweislich, die Tatsache zu erwähnen, daß noch kein einziger Trick-or-treater unsere Schwelle betreten hatte.

Dadurch wurde auch nichts besser.

Um neun Uhr gingen wir rüber und legten uns auf ihr Bett, redeten über dies und das, und ich fühlte mich sehr verletzt, weil uns sämtliche Trick-or-treaters im Stich gelassen hatten, und ich sagte so was wie «Wo bleiben denn diese kleinen Mistviecher bloß?»

Ich hatte die Schüssel mit den Chiclets ins Schlafzimmer gebracht, damit ich sie gleich bei der Hand hätte, wenn es an der Tür läutete. Die Schüssel saß verzagt auf einem Tisch neben dem Bett. Es war ein sehr einsamer Anblick.

Um halb zehn fingen wir an zu bumsen.

Ungefähr vierundfünfzig Sekunden später hörten wir eine Schar von Kindern in einem Wirbelsturm aus Halloweengekreische und irrsinnigem Türgeklingel die Treppe heraufrennen.

Ich schaute zu ihr hinunter, und sie schaute

zu mir herauf, und unsere Augen trafen sich in Gelächter, das allerdings nicht zu laut war, weil wir plötzlich nicht mehr zu Hause waren.

Wir waren in Denver, standen Hand in Hand an einer Straßenecke und warteten, daß die Ampel grün wurde.

Atlantisburg

Im Hintergrund standen ein paar Pooltische, und in unserer Nähe war ein Tisch voll Betrunkener. Ich unterhielt mich mit einem jungen Mann, der gerade aus seiner Arbeit geschaßt worden war und froh darüber war, aber der Abend und der Gedanke, sich nächste Woche nach Arbeit umschauen zu müssen, ödeten ihn an. Er war auch wegen der Situation bei sich zu Hause ziemlich durcheinander und ging sehr ausführlich darauf ein.

Wir lehnten an einem Flipper und unterhielten uns eine Weile. Im Hintergrund lief eine Partie Poolbillard. Eine kleine schwarze Lesbierin von bulligem Aussehen spielte Pool mit einem alten Italiener, einem Arbeitertyp. Vielleicht arbeitete er mit Gemüse, oder er war was anderes. Die Lesbierin war ein *seaman*, eine von diesen professionellen Kartengeberinnen. Sie waren in ihrem Spiel völlig gefangen.

Einer der Betrunkenen am Tisch verschüttete sein Glas über den Tisch und wurde auch selber völlig naß.

«Hol einen Wischlappen», sagte einer der anderen Betrunkenen.

Der, der das Glas umgeschüttet hatte, stand schwankend auf, ging an die Bar und fragte den Barmixer nach einem Lappen. Der Barmixer beugte sich über die Bar und sagte etwas zu ihm, das wir nicht hören konnten. Der Betrunkene kam und setzte sich hin. Er hatte keinen Wischlappen.

«Wo ist denn der Lappen?» fragte der andere Betrunkene.

«Er hat gesagt, ich bin ihm noch fünfundvierzig Dollar und sechzig Cent schuldig. Mein Konto...»

«Na schön, ich bin ihm keine fünfundvierzig Dollar und sechzig Cent schuldig. Ich geh rüber und hol einen Wischlappen. Der Tisch ist ja völlig versaut», und er steht auf, um zu beweisen, daß er dem Barmixer keine fünfundvierzig Dollar und sechzig Cent schuldig ist.

Der Tisch wurde wieder in seinen Normalzustand versetzt. Sie sprachen jetzt über etwas, wovon ich was verstehe.

Schließlich sagte mein Freund: «Was für ne gottverdammt langweilige Nacht. Ich geh mal rüber und schau der Lesbe beim Pool zu.»

«Ich glaub, ich bleib hier und hör den Betrunkenen ein bißchen zu», sagte ich.

Er ging rüber und schaute der schwarzen Lesbierin und dem alten Italiener beim Pool zu. Ich stand an den Flipper gelehnt da und hörte zu, wie die Betrunkenen sich über versunkene Städte unterhielten.

Die Aussicht vom Hundsturm

«...drei junge Schäferhunde haben sich an der Nordgrenze des Bezirks zu weit von zu Hause entfernt und verlaufen.»

North County Journal
Für den Bezirk Northern Santa Cruz

Ich denke jetzt schon seit ein paar Monaten immer wieder an diese kleine Zeitungsnotiz, die ich im *North County Journal* gelesen habe. Sie hat das Ausmaß einer kleinen Tragödie. Ich weiß, rundherum auf der Welt gedeiht soviel Entsetzliches (Vietnam, Hungersnöte, Unruhen, ein Leben in hoffnungsloser Angst etc.), daß drei kleine Hunde, die sich verlaufen, nicht viel bedeuten, aber es bekümmert mich, und ich sehe dieses kleine Ereignis als ein mögliches Teleskop, in dem ein größerer Schmerz sichtbar wird.

«... drei junge Schäferhunde haben sich an der Nordgrenze des Bezirks zu weit von zu Hause entfernt und verlaufen.» Es klingt wie etwas aus einem Lied von Bob Dylan.

Vielleicht sind sie spielend, bellend und einander jagend in den Wäldern verschwunden, wo sie bis zum heutigen Tag herumirren, sich zusammenkrümmen wie Hundeabfall, nach irgendwas Eßbarem suchen und intellektuell außerstande sind zu begreifen, was mit ihnen geschehen ist, weil ihr Hirn mit ihrem Magen verschmolzen ist.

Ihre Stimmen sind jetzt nur noch dazu da, vor Angst und Hunger zu schreien, und die Tage des Spielens sind vorbei, diese Tage des sorglosen Vergnügens, das sie in die schrecklichen Wälder geführt hat.

Ich habe Angst, daß diese armen, verirrten Hunde die Vorzeichen einer künftigen Reise sein könnten, wenn wir nicht aufpassen.

Verrückte alte Frauen fahren heutzutage in den Bussen Amerikas

Für Marcia Pacaud

Eine von ihnen sitzt gerade hinter mir. Sie trägt einen alten Hut mit Plastikfrüchten drauf, und ihre Augen schießen wie Fruchtfliegen in ihrem Gesicht hin und her.

Der Mann, der neben ihr sitzt, stellt sich tot.

Sie redet mit ihm in einem unaufhörlichen Atemstrom, der knatterig aus ihrem Mund kommt wie eine Vision zorniger Kegelbahnen am Samstagabend, und Millionen von Kegeln bahnen sich krachend den Weg aus ihrem Gebiß.

Der Mann, der neben ihr sitzt, ist ein alter, sehr kleiner Chinese, der Teenagersachen anhat. Jacke, Hose, Schuhe und Mütze passen zu einem fünfzehnjährigen Jungen. Ich hab schon eine Menge alte Chinesen gesehen, die Teenagersachen anhatten. Es muß seltsam sein, wenn sie sie im Geschäft kaufen. Der alte Chinese hat sich neben das Fenster gekauert und sitzt völlig zerdrückt da, und man kann nicht mal sagen, daß er noch atmet. Ihr ist es ganz egal, ob er lebt oder tot ist.

Er war noch am Leben, als sie sich neben ihn setzte und anfing, ihm von ihren Kindern zu erzählen, aus denen nichts geworden ist, und von ihrem Mann, der Alkoholiker ist, und dem Loch in dem verdammten Autodach, das er einfach nicht repariert, weil er dauernd betrunken ist, und sie ist einfach zu müde, was zu tun, weil sie die ganze Zeit in einem Café arbeitet – Ich bin bestimmt die älteste Bedienung auf der Welt –, und ihre Füße machen nicht mehr mit, und ihr Sohn sitzt im Gefängnis, und ihre Tochter lebt mit einem alkoholsüchtigen Lastwagenfahrer zusammen, und sie haben drei kleine Bankerte zu Hause, und sie hätte gern einen Fernseher, weil sie nicht mehr Radio hören kann.

Sie hat vor zehn Jahren mit dem Radiohören aufgehört, weil sie keine richtigen Sendungen mehr finden konnte. Alles, was sie jetzt bringen, ist Musik und Nachrichten, und ich mag die Musik nicht, und die Nachrichten kann ich nicht verstehen, und es ist ihr ganz egal, ob dieser Scheißchinese lebt oder tot ist.

Vor dreiundzwanzig Jahren hat sie in Sacramento mal was Chinesisches gegessen und hinterher fünf Tage lang die Scheißerei gehabt, und alles, was sie jetzt sehen kann, ist ein Ohr vor ihrem Mund.

Das Ohr sieht aus wie ein kleines gelbes abgestorbenes Horn.

Sandburgen

Seltsame Hecken wachsen auf der Point Reyes Peninsula, die wie ein gespenstischer Fingerabdruck an der Küste Kaliforniens hängt. Wunderliche Perspektiven treiben unaufhörlich aus dem Blickfeld oder kommen zu nahe auf dieser Halbinsel, wo weiße mittelalterliche portugiesische Molkereien von Zypressen gewiegt zu werden scheinen und dann verschwinden, als wären sie nie wirklich dagewesen.

Falken kreisen am Himmel wie die verlorenen Federn alter Eisenbahnuhren, suchen nach dem richtigen Eiweiß, das irgendwo da unten herumläuft und auf das sie dann herabstoßen und das sie in chronologischer Reihenfolge verschlingen.

Es kommt nicht oft vor, daß ich nach Point Reyes reise, weil mir die Insel, offengesagt, selten in den Sinn kommt, aber wenn ich dann hinfahre, macht es mir immer Vergnügen. Das heißt, falls Vergnügen das richtige Wort ist, wenn man eine Straße entlangfährt, die eingesäumt ist von Hecken, die wie Friedhöfe aussehen, denen ein halb unbestimmtes, halb quecksilberhaltiges spirituelles Konzentrat zugesetzt hat.

Gewöhnlich gehe ich dann zu einer Stelle am Ende der Halbinsel, die McClures Beach heißt.

Man stellt sein Auto auf dem Parkplatz da draußen ab, und dann ist es noch ein ziemlicher Marsch zum Strand hinunter: man folgt einem kleinen Fluß, der durch einen langsam abfallenden Cañon fließt.

Brunnenkresse wuchert üppig im Fluß.

Man entdeckt viele besondere Blumen, während man Schritt für Schritt in den Windungen des Cañons verschwindet, bis man schließlich den Pazifischen Ozean erreicht und einen erregenden Strand, der eine Fotografie sein könnte, wenn sie damals, als Christus lebte, schon Kameras gehabt hätten, und jetzt ist man ein Teil dieser Fotografie, aber manchmal muß man sich zwicken, um sicher zu sein, daß man auch wirklich da ist.

Ich erinnere mich an einen Nachmittag vor vielen Jahren, an dem ich, weil mir der Sinn genau danach stand, mit einem Freund nach Point Reyes gefahren bin und die Hecken anstarrte, während wir immer weiter die Halbinsel hinausfuhren, die sich natürlich auftat wie Schichten aus Entfernung und Nähe und unaufhörlich von Falken umkreist wurde.

Wir parkten auf McClures Beach. Ich kann mich noch sehr deutlich an das Geräusch erinnern, das das Auto beim Parken machte. Es machte einen ganz schönen Lärm.

Warmer Nebel wirbelte im Cañon, als wir langsam hinuntergingen. Dreißig Meter vor uns verlor sich alles im Nebel, und dreißig Meter hinter uns verlor sich alles im Nebel. Wir waren wie in einer Kapsel von Gedächtnisschwund eingeschlossen.

Überall um uns herum waren verstummte Blumen. Die Blumen sahen aus, als wären sie von einem unbekannten französischen Maler des vierzehnten Jahrhunderts gemalt worden. Mein Freund und ich hatten schon lange nichts zueinander gesagt. Vielleicht hatten sich unsere Zungen zu den Pinseln dieses Malers gesellt.

Ich starrte auf die Brunnenkresse im Fluß. Sie machte einen begüterten Eindruck. Immer wenn ich Brunnenkresse sehe, was nicht sehr oft vorkommt, denke ich an die Reichen.

Ich glaube, sie sind die einzigen, die sie sich leisten können, und sie verwenden Brunnenkresse in exotischen Rezepten, die sie in Schatzkammern vor den Armen verborgen halten.

Plötzlich, als wir um eine Biegung im Cañon kamen, sahen wir fünf gutaussehende Jungs in Badehosen, die damit beschäftigt waren, fünf hübsche Mädchen im Sand zu begraben. Sie waren alle aus klassischem kalifornischem Körpermarmor gemeißelt.

Die Mädchen befanden sich in verschiedenen Stadien ihres Beerdigtseins. Eins von ihnen war schon vollständig begraben, nur noch der Kopf schaute aus dem Sand. Sie war sehr schön, und ihr langes schwarzes Haar lag auf dem Sand wie eine Art dunkles Wasser, Jade vielleicht, das aus ihrem Kopf fließt.

Die Mädchen waren alle sehr glücklich, daß sie im Sand begraben wurden, und die Jungs, die sie im Sand begruben, warens auch. Sie veranstalteten eine Teenager-Friedhofs-Party, weil ihnen sonst nichts mehr einfiel. Rundherum lagen Handtücher, Bierdosen, Proviantkörbe, Picknickreste undsoweiter.

Sie schenkten uns keine besondere Aufmerksamkeit, als wir an ihnen vorbei- zum

Pazifischen Ozean hinuntergingen, wo ich mich innerlich zwickte, um sicher zu sein, daß ich noch immer auf dieser christustrunkenen Fotografie war.

Verziehen und vergeben

Diese Geschichte ist eine enge Freundin oder vielleicht sogar eine Geliebte einer Geschichte mit dem Titel «Elmira». Sie beschäftigen sich beide auf eine gewisse Weise mit dem Long Tom River und der Zeit, in der ich noch jung war, ein Teenager, und der Long Tom River irgendwie Teil meiner emotionalen DNS war.

Ich habe den Fluß wirklich gebraucht. Mit ihm begannen die Antworten auf ein paar sehr komplizierte Fragen in meinem Leben, die ich immer noch zu lösen versuche.

Ich bin mir sehr wohl bewußt, daß Richard Brautigan einen Roman mit dem Titel *Forellenfischen in Amerika* geschrieben hat, der sich gründlich und erschöpfend mit dem Forellenfischen und seinen kaleidoskopisch wechselnden Bedingungen beschäftigt, deshalb macht es mich ein bißchen befangen, etwas über das gleiche Thema zu versuchen, aber ich werde weitermachen, weil ich diese Geschichte hier einfach erzählen muß.

Ich fischte immer tief in den Bergen am Long Tom River, wo der Fluß stellenweise nicht viel breiter war als ein Couchtisch, auf dem ein Bestseller lagert.

Die Forellen waren kleine Gauner, zwischen fünfzehn und fünfundzwanzig Zentimeter lang, und es machte viel Spaß, sie zu fangen. Ich wurde wirklich gut im Long-Tom-Fischen, und ich hatte mein Limit von zehn Fischen in wenig mehr als einer Stunde beisammen, wenn ich überhaupt nur ein bißchen Glück hatte.

Der Long Tom River war vierzig Meilen entfernt. Normalerweise trampte ich am späten Nachmittag hin, brach dann in der Dämmerung wieder auf und trampte die vierzig Meilen nach Hause zurück.

Ein paarmal trampte ich im Regen hinaus, fischte im Regen und trampte im Regen wieder zurück. Ich legte achtzig Meilen auf einer nassen Kreisbahn zurück.

Ich stieg immer an einer Brücke über den Long Tom aus und ging fischend flußabwärts, bis ich an eine andere Brücke kam. Es war eine Holzbrücke, die aussah wie ein Engel. Der Fluß war etwas düster. Es war angenehmes Fischen zwischen den Brücken, während man eine träge, tropfende Landschaft hinunterging.

Unterhalb der zweiten Brücke, die aussah wie ein weißer Holzengel, nahm der Long Tom River einen sehr seltsamen Lauf. Es war gespenstisch dunkel, und es ging ungefähr so: etwa alle hundert Meter kam eine sumpfähnliche, unbewegte Stelle im Wasser, und dann strömte der Fluß weiter in einen schnellen, seichten Wasserlauf, der dicht mit Bäumen überdeckt war wie ein unwirklicher, geflochtener Tunnel, bis er den nächsten Sumpftümpel erreichte, und nur sehr selten ließ ich mich vom Long Tom River da hineinlocken.

Aber einmal an einem späten Augustnachmittag hatte ich bis zur Engelsbrücke hinunter gefischt und keinen allzu guten Fang gemacht. Ich hatte nur vier oder fünf Forellen.

Es regnete, und es war sehr warm da oben in den Bergen, und es war nicht mehr weit bis Sonnenuntergang, und es dämmerte vielleicht sogar schon. Ich konnte wegen dem Regen nicht genau sagen, wie spät es war.

Wie dem auch sei: irgendeine blöde kindliche Überlegung brachte mich dazu, unterhalb der Brücke in diesen geflochtenen Flußtunnels und den großen offenen Sumpftümpeln mein Glück zu versuchen.

Es war wirklich schon zu spät, da hinunterzugehen, und ich hätte einfach umdrehen und da rausgehen und die vierzig Meilen im Regen nach Hause trampen sollen.

Ich hätte es wirklich lassen sollen.

Aber nein, ich fing da unten zu fischen an. Es war tropisch heiß in den Tunnels, und ich fing Forellen an den Stellen, an denen die Tunnels in die großen Sumpftümpel mündeten. Dann mußte ich durch tiefen warmen Schlamm um die Tümpel herumwaten.

Eine etwa dreißig Zentimeter lange Forelle entwischte mir, und das brachte mich so richtig in Fahrt, so daß ich weiter und weiter hinunter fischte, bis ich sechs Sumpftümpel hinter der hölzernen Engelsbrücke war, als plötzlich, wie aus dem Nichts, das Licht innerhalb von ein paar Augenblicken einfach versickerte, in völlige Dunkelheit fiel, und da stand ich nun im Finstern, ich war schon halb um den sechsten Sumpftümpel herum, und vor mir war nichts als Finsternis und Wasser, und hinter mir war nichts als Finsternis und Wasser.

Ein gottverdammt komisches Angstgefühl

durchfuhr mich. Ich war wie ein Kristallüster aus Adrenalin, der in einem Erdbeben wild hin und her schwingt, und ich drehte mich um und flüchtete den Fluß hinauf, spritzte wie ein Alligator um die großen Sumpftümpel herum und rannte wie ein Hund die seichten Tunnels hinauf.

Alle Schrecken der Welt saßen mir im Genick, waren links und rechts und genau vor mir, und sie hatten keinen Namen und keine Gestalt, sie waren reine Wahrnehmung.

Als ich schließlich aus dem letzten Tunnel rannte und den schwachen weißen Umriß der Brücke sah, der sich gegen die Nacht abhob, erwachte meine Seele im Anblick der rettenden Freistätte zu neuem Leben.

Während ich näher und näher kam, strahlte die Brücke in meinen Augen immer stärker wie ein weißer Holzengel, bis ich dann auf der Brücke saß und mich ausruhte; ich war triefend naß, aber ich fror überhaupt nicht im Nachtregen, der pausenlos auf die Berge fiel.

Ich hoffe, Richard Brautigan verzeiht mir, daß ich diese Geschichte geschrieben habe.

Ein Abziehbild der amerikanischen Flagge

Diese Geschichte beginnt mit einem Abziehbild der amerikanischen Flagge am Rückfenster eines kleinen Transporters, aber man kann sie kaum sehen, weil der Transporter noch weit entfernt ist und dann vom Highway in eine Nebenstraße einbiegt und verschwindet, aber irgendwie haben wir damit mal wieder einen Einstieg gefunden.

Es ist schön, wieder in Kalifornien zu sein, nach einem sehr unglücklichen Monat im Osten: New York etc... mit zuviel Räuschen, Tagen und Tagen voller kaltem Herbstregen und Liebesgeschichten, die lebende Spiegel meines Unglücklichseins waren.

Jetzt fahr ich mit einem Freund hier draußen durch die kalifornische Landschaft, und alles, was wir tun müssen, ist, jemanden zu finden, der seine kaputte Jauchegrube repariert. Sie ist völlig im Eimer. Wir brauchen jetzt jemanden, der seinen Lebensunterhalt durch den kenntnisreichen Umgang mit Jauchegruben bestreitet.

Wir fahren auf der Suche nach einem bestimmten Jauchegrubenspezialisten eine Straße hinunter und dann noch eine. Wir halten da, wo wir glauben, daß er wohnt, aber wir haben uns schwer vertan: ungefähr um eine Million Meilen. Hier wird Honig verkauft.

Ich weiß auch nicht, wie wir diesen Fehler machen konnten. Schließlich ist es ganz schön weit von einem Jauchegrubenspezialisten zu ein paar Frauen hinter einer Drahttür, die Honig verkaufen.

Wir finden es amüsant, und sie finden es auch amüsant. Wir lachen über uns, und sie lachen uns auch aus. Wir fahren gut gelaunt ab und unterhalten uns über die inneren und äußeren Wege, die ein Mann zurücklegt, bis er soweit kommt, daß er ein Lebensmittelgeschäft besitzt oder Arzt ist oder sich mit Jauchegruben genau auskennt, oder wie jemand anderer beschließt, Honig zu verkaufen, dann aber versehentlich für einen Jauchegrubenspezialisten gehalten wird.

Nach einer kurzen, witzig spirituellen Fahrt finden wir einen Jauchegrubenspezialisten, der zu Hause ist; er ist umgeben von der ganzen Ausrüstung, die er braucht, um Jauchegruben mit Erfolg anzugehen.

Drei Männer sind gerade dabei, einen kaputten Laster zu reparieren. Sie unterbrechen ihre Arbeit und drehen sich zu uns um. Sie betrachten die Sache auf eine ländlich-lässige Art sehr ernst.

«Nein, heute nicht. Wir müssen den Laster reparieren, damit wir auf Bärenjagd gehen können.»

So ist es, und so muß man das sehen: Sie wollen den Laster reparieren, damit sie auf Bärenjagd gehen können. Unsere Jauchegrube ist durchsichtig und unsichtbar, eine kindische Sache. Bären sind wichtiger. Ich bin froh, daß ich wieder in Kalifornien bin.

RICHARD BRAUTIGAN
Eine Auswahl

Die Abtreibung
rororo 12615

Ende einer Kindheit
rororo 13124

Forellenfischen in Amerika
rororo 12619

Das Hawkline Monster
rororo 12631

In Wassermelonen Zucker
rororo 13110

Ein konföderierter General aus Big Sur
rororo 12626

Die Rache des Rasens
Geschichten
rororo 13125

Sombrero vom Himmel
Ein japanischer Roman
rororo 13126

Der Tokio-Montana-Express
rororo 12638

Träume von Babylon
Ein Detektivroman 1942
rororo 12637

Willard und seine Bowlingtrophäen
rororo 13127

50 JAHRE ROWOHLT ROTATIONS ROMANE

50 Taschenbücher im Jubiläumsformat
Einmalige Ausgabe

Paul Auster, *Szenen aus «Smoke»*
Simone de Beauvoir, *Aus Gesprächen mit Jean-Paul Sartre*
Wolfgang Borchert, *Liebe blaue graue Nacht*
Richard Brautigan, *Wir lernen uns kennen*
Harold Brodkey, *Der verschwenderische Träumer*
Albert Camus, *Licht und Schatten*
Truman Capote, *Landkarten in Prosa*
John Cheever, *O Jugend, o Schönheit*
Michael Crichton, *Die Lehren des Kaktus*
Roald Dahl, *Der Weltmeister*
Karlheinz Deschner, *Bissige Aphorismen*
Colin Dexter, *Phantasie und Wirklichkeit*
Joan Didion, *Wo die Küsse niemals enden*
Hans Fallada, *Reisevorbereitungen*
Hannah Green, *Kinder der Freude*
Václav Havel, *Von welcher Zukunft ich träume*
Stephen Hawking, *Ist alles vorherbestimmt?*
Elke Heidenreich, *Dein Max*
Ernest Hemingway, *Indianerlager*
James Herriot, *Sieben Katzengeschichten*
Rolf Hochhuth, *Resignation oder Die Geschichte einer Ehe*
Klugmann/Mathews, *Kleinkrieg*
D. H. Lawrence, *Die blauen Mokassins*
Klaus Mann, *Der Vater lacht*
Armistead Maupin, *So fing alles an ...*
Henry Miller, *Der Engel ist mein Wasserzeichen*

50 JAHRE ROWOHLT ROTATIONS ROMANE

Nancy Mitford, *Böse Gedanken einer englischen Lady*
Toni Morrison, *Vom Schatten schwärmen*
Milena Moser, *Mörderische Erzählungen*
Herta Müller, *Drückender Tango*
Robert Musil, *Die Amsel*
Vladimir Nabokov, *Eine russische Schönheit*
Dorothy Parker, *Dämmerung vor dem Feuerwerk*
Rosamunde Pilcher, *Liebe im Spiel*
Gero von Randow, *Der hundertste Affe*
Ruth Rendell, *Wölfchen*
Philip Roth, *Grün hinter den Ohren*
Peter Rühmkorf, *Gedichte*
Oliver Sacks, *Der letzte Hippie*
Jean-Paul Sartre, *Intimität*
Dorothy L. Sayers, *Eine trinkfeste Frage des guten Geschmacks*
Isaac B. Singer, *Die kleinen Schuhmacher*
Maj Sjöwall/Per Wahlöö, *Lang, lang ist's her*
Tilman Spengler, *Chinesische Reisebilder*
James Thurber, *Über das Familienleben der Hunde*
Kurt Tucholsky, *So verschieden ist es im menschlichen Leben*
John Updike, *Dein Liebhaber hat eben angerufen*
Alice Walker, *Blicke vom Tigerrücken*
Janwillem van de Wetering, *Leider war es Mord*
P. G. Wodehouse, *Geschichten von Jeeves und Wooster*

Programmänderungen vorbehalten